目の前にいる女性は、まごうことなき美人。
……だけど、少し仏頂面。その顔にもどこか、見覚えがある。
声、顔、そうして今のこのふてぶてしい態度。

「ぎゃっ！」
背後から急に抱き締められて、
大声を上げてしまった。
慌てて林を引き剥がそうとする俺だが、
さっきの挑発が本気だったと教えてくれるかのように、
林は両腕に力をこめて、
俺の体に絡みついて離れなかった。
林を離すために足掻《あが》こうにも、
彼女を怪我させられないと思って、
力を上手くこめられなかった。

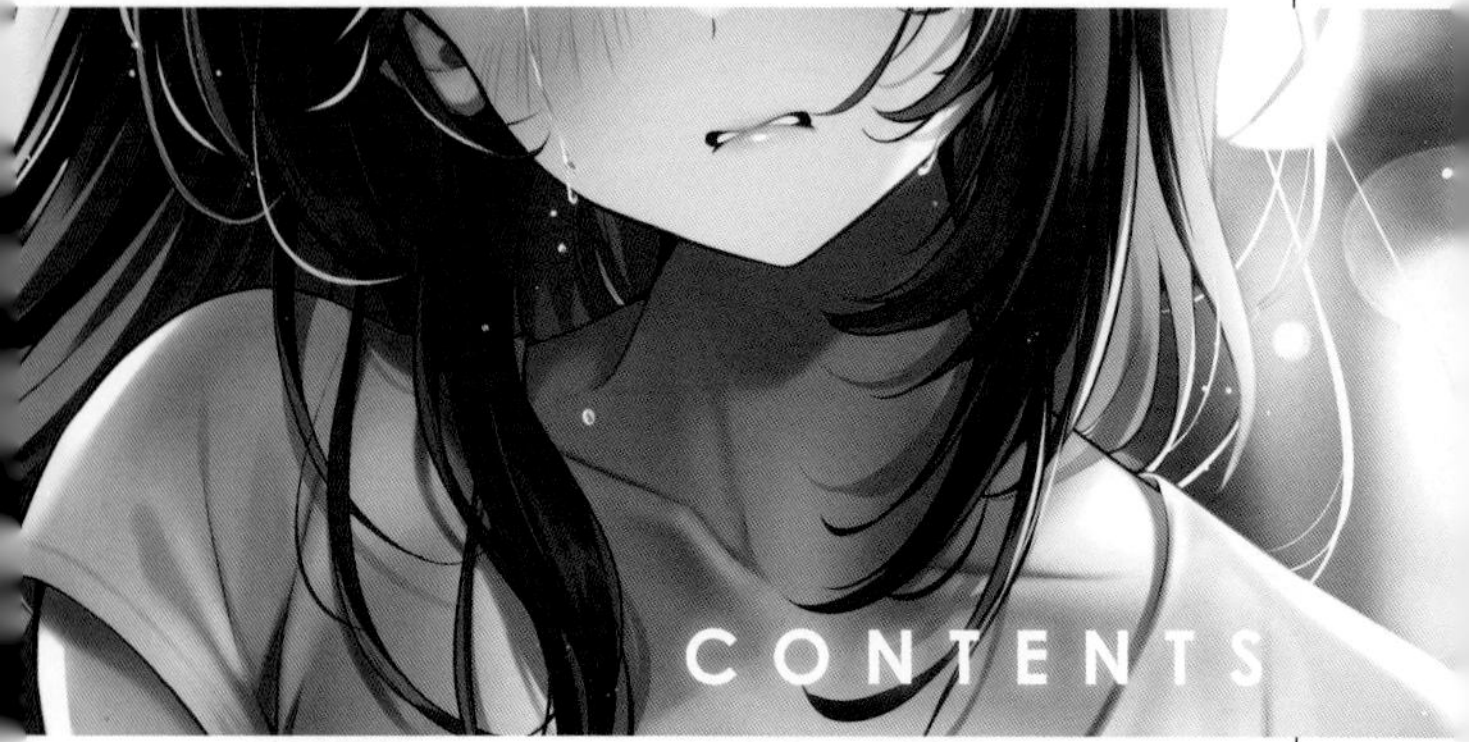

CONTENTS

ダッシュエックス文庫

高校時代に傲慢だった女王様との同棲生活は意外と居心地が悪くない

ミソネタ・ドザえもん

第一章　再会する女王様

CHAPTER 1

喧騒《けんそう》に包まれる校舎。人気《ひとけ》のない駐輪場。

今でも時々思い出す。

それは、俺が偶然見かけた告白現場での一幕。

緊張している男子と、一人の女子が向かい合うそんな青春の一頁《いちページ》。

『林《はやし》さん、あなたのことが好きです』

上擦《うわず》る声で、男子が自《みずか》らの想いを女子に伝えた。

遠目から見て、その男子の顔立ちは整っているように思えた。中性的で、すらっとした長身で、どっかの事務所でアイドルなんてやっていてもおかしくなさそうな印象を受けるイケメンだった。

そんな男子に好意を示されれば、普通の女子ならきっと泣いて喜ぶに違いない。

しかし、男子に告白された相手は、何故《なぜ》か仏頂面《ぶっちょうづら》を作っていた。

更に、ハーッと、マリアナ海溝くらい深いため息を吐《つ》くと、前髪をかきあげて、女子はこう言った。

『いや、あんた誰だよ』

高校時代、俺のクラスには女王様がいた。当然ながら、本当に一国を統治しているような人物だったから、女王様というわけではない。その彼女は、他人よりも少し美人で、声が大きくて、勇気を振り絞って告白してきてくれた相手に対して誠意も配慮もないと思えるほどに、物事をはっきりと言える性格だった。

そんな彼女は、次第にこう呼ばれるようになった。

傍若無人《ぼうじゃくぶじん》な女王様、と。

と、まあそんな昔の話は置いておいて、俺が上京し大学へ進学して約三ヶ月が過ぎた。

今日も俺はコンビニバイトに励んでいた。深夜帯のバイトは、日中よりも給料がいい。それでいて、大学の講義の時間に重なる心配もない。

唯一《ゆいいつ》の問題といえば、講義中途轍《とてつ》もなく眠気に襲われること。

都内とはいえ住宅街に近いこのコンビニは、深夜帯の客足はまったくない。そんな中、このコンビニに珍しく客が来た。

入店してきたのは女性だった。若い女性だ。しかし、出《い》で立ちはグレーのスウェット姿と、まるで飾り気《け》がない。

まあ、この時間帯に入店してくる女性客は半数くらいがこんなもんだ。日中、お出かけ前にコンビニに立ち寄った女性はメイクバッチリでフリフリのミニスカートとか、襟元《えりもと》を大きく開けたシャツを着ている場合も多い。しかし、この時間帯に入店する女性客は、あとは寝るだけのせいか、目の保養にもなりそうもない。

さっさと買う物買って出ていけよな。

内心で毒づきつつ、俺は休憩室の監視カメラから女性の様子を観察していた。俺の願いとは裏腹に、女性は雑誌コーナーにまず足を向けて、立ち読みを始めた。

これは、しばらく時間がかかりそうだ。

そう思ったが、雑誌の内容があまり面白くなかったのか、すぐに店内の物色を始めた。

日用品。お菓子。そうして弁当を買い物カゴに詰めて、女性はカウンターに向かって歩き出した。

「よっこいしょ」

椅子から立ち上がる時、おっさんみたいな声が出た。時給はいいが、昼は大学。夜はバイトの生活は体力的にはそれなりにしんどかった。いけると思って増やしたシフトだったが、来週から少し減らしてもらおうなんて考えながら、俺はカウンターへと出た。

カウンターにいる女性は、ぼんやりとカゴの中身を見ていた。

監視カメラ越しにはわからなかったが、近づいて見て思ったことは、目の前にいる女性がなかなかの美人、ということだった。

艶《つや》のある黒のロングヘア。長いまつ毛。高い鼻。小さな口。

体のラインはスウェットを着ているせいでわからないが、毛先を指でくるくる巻く仕草も、物憂《ものう》げな表情も、なんだかモデルみたいで様になっていた。

というか、なんだかこの人どっかで見たことがあるような、ないような。コンビニバイトをしていてわかったことは、コンビニというどこにでもあるお店でも、固定客はそれなりにいる、ということだった。だからまあ、このコンビニでバイトをしている中で、何度か彼女のレジ打ちでもしたのだろう。目の前にいる女性に、俺はその程度のことを考えて、仕事に精を出す気になった。

ピッピッ、と彼女の購入する商品のバーコードを読み取っている時だった。

「あれ、山本《やまもと》？」

若い女性らしからぬ少しハスキーな声だった。古臭《ふるくさ》い考え方だが、俺は女性とは品性と愛嬌《あいきょう》とお淑《しと》やかさで売っていく生き物だと思っている。そんな俺からしてこんなハスキーな声は減点対象なのだが……今一番気になったのは、彼女の声に聞き覚えがあることだった。

というか彼女、どうして俺の名前を知っている？

俺は商品から目を逸《そ》らして顔を上げた。

そして、目の前にいる女性をゆっくりと観察した。

目の前にいる女性は、まごうことなき美人。……だけど、少し仏頂面。その顔にもどこか、見覚えがある。

声、顔、そうして今のこのふてぶてしい態度。

……スウェット姿のせいで気づかなかったが、俺もまたこの人物を知っている。

俺たちはかつて出会ったことがある。

それは俺が上京する前、高校時代。

俺と彼女は、同じクラスで勉学を共にする同級生だった。

「林か」

「ん、久しぶりじゃん」

林恵《めぐみ》。

高校時代、田舎《いなか》の高校で俺と同じクラスだった女の子。仏頂面、威圧的な声。そうして、今はスウェットで隠れたスタイルのいい体。

ちょうど先程思い出していた女王様……それは、他でもない、高校時代の彼女だった。

「あんた、この辺に住んでたんだ」

彼女と俺は、高校時代は別に仲が良かったわけではない。話した回数は片手で数えられるほど。こちらからも特別話しかけようと思ったこともないし、多分向こうも同じだったことだろう。むしろ、俺のことなんて嫌っていると思っていた。

しかし、今この状況下において、林は意外とフレンドリーに俺に声をかけてきた。

「ああ、この辺のアパートにな。お前もか？」

「……うん。まあね」

風の便りで、こいつも大学進学のため上京してることは知っていた。

ただまさか、この辺に住んでいたとは。

嫌だな、というのが本心だった。

「あんた、大学どこ行っているんだっけ？」

「K大」

「へー、凄《すご》いじゃん。頭良かったんだ」

「必死に勉強しただけだ。お前は？」

「え？」

「え？　って、お前の大学、聞いてんだけど」

商品のバーコードも読み取り終わって、俺は呆《あき》れ顔で尋《たず》ねた。

林は、何だか嫌そうな顔で俯《うつむ》いていた。別にそんなに嫌そうな顔をしなくてもいいじゃないか。大学に突然押しかけたり、ストーキングするってわけじゃないんだから。こっちがされたように、ただの話の流れで聞いただけだろ。何なら、お前がコンビニから出ていったら、すぐに忘れる程度の世間話だ。

「……M大」

「ふうん。袋は？」

「いる」

レジ袋代三円を追加し、俺は林に会計を促《うなが》した。彼女がお金を機械に投入している間に、俺は商品をレジ袋に詰めた。

「最近、笠原《かさはら》とは会ってんの？」

俺は尋ねた。

笠原とは……高校時代、彼女の一番の親友だった女子だ。

「会ってない」

「ふうん。お前たち、仲良かったのにな」

まあ俺も、高校卒業から四ヶ月ほどにもかかわらず、疎遠《そえん》になった友達は数知れない。

大学入学してしばらくは、一番、新しい友達との付き合いに時間を要する時だし、こいつもそういった事情で忙しいのだろう。

「大学の方は楽しんでいるのか」

「……まあね。あんたも？」

「こんな深夜にバイトをしている時点で察してくれ。順調だ」

「どっちなのよ。わかりづらい言い方しないでよ」

うんざりといった顔で高圧的に林が言う。そういえば彼女は、高校時代に俺がこんな軽口を叩く度《たび》に嫌な顔をしていた。多分、はぐらかすような喋《しゃべ》り方が好きではないのだろう。

無論、俺からしたらはぐらかしているつもりなんて一切ない。どうも俺は、誤解をされやすい性格をしているようだから……他者にとっつきやすい奴だと思ってほしくてこんな喋り方をしているだけだ。

しかし、さっきはフレンドリーに俺へ声をかけてきた割に、近況報告に話を振ると途端に口が重くなるな。

これは……大学生活、上手《うま》くいっていないパターンか。

正直意外だ。

彼女は顔が綺麗だから。

……それもあるが、俺がそう思ったのは、それだけが理由じゃない。高校時代の彼女のことを皆は女王様だなんて畏怖《いふ》していたが、俺は彼女のことを、特に女王様だなんて思ったことはない。好きだと思ったわけでもない。嫌いだとは……まあ、ほどほどには思っていたな。

とにかく、俺は林に対して、そこまで特別な存在だと思っていたわけではない。ただ、肝《きも》の据《す》わった男勝りな女だ、とはよく思ったもんだ。

彼女は、女王様になぞらえられていたが、別に傍若無人だったわけではない。

ちょっと口が悪く、曲がったことが嫌いで、キレやすいだけ。そんな印象だった。

……それ大概《たいがい》、傍若無人の女王様じゃね？

「商品入れておいたぞ」

「ん」

レジ袋に詰めた商品に、林が手を伸ばした。

その拍子《ひょうし》に、ふと見えた。

それは、林の手首。長袖《そで》のスウェットで隠されていた彼女の柔肌《やわはだ》だった。

誤解をしてほしくないのは、俺は別に、女の子の柔肌一つで欲情する男ではないってことだ。むしろ、付き合いが薄いにもかかわらず、不用意に肌を見せびらかしたり、ボディタッチが多い女には嫌悪感さえ抱く。

それでいて、今見えたのは手首。胸でも足でもなく、ただの手首だ。

しかも、手を伸ばした拍子のほんの一瞬だった。

だというのに、俺は思わずぎょっとした。

スウェットの隙間《すきま》から見えた林の手首。

そこには、大層痛々しい青あざがあった。

しかも一つではない。無数にだ。

見られた。とでもいうように、林が歪《ゆが》めた顔に動揺の色を浮かべた。

「……手首、怪我《けが》でもしたのか？」

俺がそれを尋ねてしまったのは……高校時代、誰よりも曲がったことが嫌いで、どんな相手にも立ち向かっていけた正義感ある女子が、俺なんかの前で怯《おび》えた顔で目を逸らしたから。

……文字通り、林は恐怖に顔を強張《こわば》らせていた。

怪我なんてものは、他人にバレたって何ら問題のないものだ。治療中と言えばいろんなところで気遣《きづか》ってもらえるし、むしろ積極的にアピールするべきものだとさえ俺は思う。

しかし、林はそれを隠した。まるでバレたらまずいもののように、隠したのだ。今もスウェットの裾《すそ》を逆の手で押さえて、俺からあざを隠そうと必死だった。

「殴られたの」

「誰に」

「……恋人に」

今更ながら、俺はその不自然さに気づいた。今はまだ夏真っ盛りな時期。いくら深夜でも、長袖のスウェットを着るにはまだ早い。

なのに、彼女はそれを着ている。しかも、聞けば手首のあざは恋人に殴られたものだと言う。

……嫌な予感が頭を過《よ》ぎった。彼女と同じクラスで勉学に励み、同じ年に卒業した身としては、当たってほしくない予感だ。

……もしや、彼女のスウェットの下は、もっと酷《ひど》い状態なのではないだろうか。痛々しい、青あざだらけなのではないだろうか。

「……今日、恋人は？」

「家にいる」

「家に……？」

「同棲してんの」

「いろいろ早すぎだろ」

「……ちっ」

知られたくなかった。そう言いたげに林は鬱陶《うっとう》しそうに舌打ちをした。

高校卒業後、上京から数ヶ月にして、もうそんなに発展している関係の相手がいるだなんて。そこに度肝も抜かれたが、それよりも焦《あせ》りの方が勝ったというのが本音だった。

「お前、今日ウチに泊まれ」

「は？」

「睨《にら》みつけんな。怖いんだよ」

高校ぶりの林の俺に向けてくる視線は、相変わらず威圧的で、その綺麗な顔も台無しになるくらいの険相だった。

「わかってる。俺は何もしない。信用できないってんなら、今日はネカフェにでも泊まってやる。鍵だけ渡すから」

林は、俺を睨みつけてすごんだまま。

「……それでいいか？　とにかく、今日家に帰るのはやめろ。というかもう帰るな。親に話して実家に避難しろ」

「……出来ない」

「何故」

「……親には勘当された」

「何故⁉」

「……恋人と同棲するって話をしたら、凄い怒られてさ」

開いた口が塞《ふさ》がらない、とはこういう状況のことを言うのか。当時の女王様のような彼女の姿は、もう今の彼女には重ならなかった。今の彼女は、雨の日、ダンボール箱の中で震える行き場のない子猫のようだった。

「親からはそんなことなら学費も出さないって。……だから、大学も辞《や》めちゃった」

「……とにかく、今日は家に帰るな」

俺は少しの沈黙の後、彼女にそう伝えた。ここまで聞いてきて、林の話の全てに驚愕《きょうがく》させられたのだが、まだまだそれ以上に笑えない話が残っていそうで恐ろしい。

「鍵取ってくる。住所もその時教える」

俺は更衣室に行き、すぐにレジに戻った。今の彼女に時間を与えると、逃げられるような気がしてしょうがなかった。

「ん」

俺は、林に鍵を渡そうとした。

しかし、林は俺から鍵をなかなか受け取ろうとはしなかった。髪をくるくるいじりながら、伏し目がちに立ち尽くしていた。

「……鍵は要《い》らない」

「おい」

「……待ってる」

「ん？」

「バイト終わるまで、待ってる」

よく見たら、林の体は震えていた。今頃になって俺は、彼女の心中を察した。彼女は先程からずっと怖がっていたのだ。

高校時代には男勝りな性格をしていた林でも、今は恐怖心から、偶然再会しただけの俺にすら縋《すが》りたい気持ちなのだろう。

「……あと一時間くらいだから、雑誌でも読んで待っててくれ」

外では日が昇り、明かるさが増している。

彼女を待たせる時間が、ほんの一時間くらいで良かった。ただ気づいた。林と同棲する恋人とやらは、こんな時間に、彼女が一人で外を出歩いてて心配じゃないのか。

高校時代の俺たちは、別に仲が良かったわけではない。むしろ彼女は、俺のことなんて嫌っていたとさえ思っている。

俺たちの関係は、高校を卒業したら接点がなくなって当たり前くらいのものだった。

そんな彼女とこんな形で再会し、今の彼女の現状を知り……内心に湧き上がるこの怒りは、何なのだろう。

怒りを抑えながら、俺は業務に当たった。そして、シフト終わりの時間を迎えた。

「待たせたな」

コンビニバイトを終えた俺は、店内で雑誌を読んで待っていた林に声をかけた。林は雑誌を棚に戻して、俺は林を連れて自宅へと向かった。

◇◇◇

「ここが山本の家か」

「小綺麗にしているだろ」

「何も置いてないだけじゃない」

そうとも言う。俺はそこまで物欲のない人間だ。むしろ、部屋に荷物が増えて掃除がしづらくなるくらいなら、これくらいでちょうどいい。更には大学生になりたての俺に贅沢《ぜいたく》など無用だ。その結果の、この部屋の状況だ。

「とりあえず座れよ。麦茶出すから」

「……ん」

俺は冷蔵庫の扉を開けて麦茶を取り出し、コップに注ぐと、座布団に腰を下ろした彼女に振る舞った。

林が麦茶を飲む間、気まずい空気が室内に流れた。

今更ながら俺は、こうして女の子を家に連れてきたのが初めてだったことに気がつく。というか、中学生くらいの時から、女子の友達がほぼいなくなり、遊んだ回数も多くない。

……何だか心臓が痛くなってきた。しっかりしろ。

俺が今日、家に林を連れてきた理由。それは、彼女相手に狼になろうと思ったからではない。林を、彼女の恋人から守るためなんだ。

……そもそも、こいつに狼になろうだなんて、命がいくつあっても足りなさそうだな。

「ふう」

麦茶を飲み干した林は、落ち着いたのか深いため息を吐《つ》いた。少し、彼女の心労のほどが窺《うかが》えた気がした。

「まさか、あんたに借りを作る日がやってくるとはね」

「貸しを作った覚えはない。当たり前のことをしただけだ」

「……ま、タイミング良かったよ」

林はいろいろ思うことがあったのか息を呑んだが、ただ一言だけそう言った。

タイミング、とは……？

冷静に彼女の置かれている状況を検証しようと思った。真夏のスウェット。手首のあざ。そのあざをつけたのは、彼女の恋人。

今の彼女が恋人から受けているのは所謂《いわゆる》……ドメスティック・バイオレンス。ＤＶというやつだと、俺は考えていた。

「お互いに冷静になる時間、ちょっと欲しかったんだ」

一体、誰と誰とが冷静になる時間のことを言っているのだろう。いや、考えるまでもない。

「あの人も、少し虫の居所が悪かっただけだと思うんだよね」

あの人。恋人のことだろうか？

もし恋人のことを言っているのだとしたら……。

「あの人って、恋人のことか？」

「そう。いつもは殴ったりはしないんだよ。ただ、仕事で失敗をしたような日はむしゃくしゃしてて。あたしもしっかり支えないといけないいんだけどね」

「高校時代のお前からは聞けなさそうな言葉を聞いた」

「うっさい。あたしだって変わるんだ」

林はじろっと俺を睨んだ。

……その変化が良い変化か、悪い変化か。それは俺には推《お》し量《はか》れない。

もう一度俺は、頭の中で林の言動を振り返り、状況把握に努めた。彼女の発言の内容から考えると、どうやら彼女が俺の誘いに乗った理由は、恋人と互いに頭を冷やす時間を作るため。

負った怪我は恋人がつけたものだが、それは一時の気の迷い。

もしそれが事実なら、あの場で俺が深く介入した行いは無駄になる。……そんなことなら、呼び止めて家に帰るな、だなんて言うんじゃなかった。

もしそれが、事実ならの話だが。

「今日は泊まっていけよ」

「本当に？　いいの？　悪いね」

「困った時はお互い様だ」

「あんたも、高校の時には言えないだろうことを言ってるよ」

すごんできたさっきとは打って変わって、林はニヤニヤした顔で俺に言った。

俺は口を閉ざした。俺は、あの時から何も変わってはいない。ただ、もし林から見て俺が変わったように見えるのならば……。

「シャワー、借りてもいい？」

「好きにしろ」

「着替え、あったりする？」

「男物しかないぞ？」

「大丈夫」

「……寝る時はベッドを使え。俺は床で寝るから」

「……ごめん」

外はすっかり明るくなっていた。今日は日曜日で大学は休み。だから俺は、深夜シフトの後の日曜日はいつも昼くらいまで部屋で寝ている。泊まっていけという俺の提案に乗っかるあたり、林も俺と会う前から寝ていないらしい。

浴室と部屋の壁は薄い。シャワーの音は、部屋にあるテレビの音をかき消して俺の耳に届く。

……おかしい。いつもの自分の部屋なのに、落ち着かない。なんだかそわそわしてしまう。

これじゃあまるで、俺が林のことを意識しているみたいじゃないか。

……あ、してるのか。

「さっぱりした」

「そうか」

濡れた髪。火照《ほて》った頰。Tシャツを着てもなおわかるくらいの豊満な胸に、俺は何故か仏頂面を作っていた。多分、今の心境を悟られたくなかったんだと思う。

……ただ、半袖のTシャツとハーフパンツを渡したことを、しばらくして俺は後悔した。林の体には手首以外にも、やはり青あざが散見された。

俺の視線に林は気づいたようだ。

「……あー、酷いもんでしょ?」

あっけらかんと、林は言う。

「全部、恋人に?」

「そうだね」

「本当に酷いもんだな」

「ねー。まったくもうって感じだよ。バカな人なんだから」

「……なあ、林」

林は冷たい瞳で俺を見た。

「治りかけのあざもあるみたいだぞ？」

「……それが？」

露骨に、林は顔を歪めていた。さっきの恐怖を滲《にじ》ませた歪ませ方ではない。今のそれは、不快感を露《あら》わにする歪ませ方だ。

もうこれ以上、この話に触れるな。林は暗に、俺にそう言っているのだ。

……もし俺が林の立場なら、恋人に愛想を尽かすだろう。こんなにも殴って、痛めつけて、許せない。そう思うだろう。

しかし、さっきからの発言を聞く限り、林は今の恋人にそういう気持ちは抱いていないらしい。未練というやつか、はたまた依存しているのか。俺には彼女の本心はわからない。もっと言えば、未練と依存の違いも、よくわからない。

まあとにかく、俺は彼女が恋人との関係を俺にほじくり返されたくないなら、それでも構わない。この後彼女が、恋人のところに戻るとしても、別に構わない。

彼女は自らの考えを間違いだとは思っていない。だったら、対案なんか出しても、彼女が態度を翻《ひるがえ》す可能性は限りなく低い。

「俺は、何度も人を痛めつけるようなそんな奴と付き合うべきではないと思うぞ」

ただ、だからといって俺がその対案を提示しないかといえば話は別。

「あんたに何がわかるっていうの」

林は、一層不機嫌になった。

「お前の気持ちなんてわからない。今のはあくまで、俺の意見だ」

「あんたの意見なんか求めてない」

「だから俺も、お前に俺の意見を聞けなんて言ってない」

「……だったら、なんでそんなこと言うのよ」

「自分のためさ」

俺が肩を竦《すく》めると、林は呆れた顔をした。

「今後、もしお前に何かあった時、周りの連中はお前と関わりがあった俺に言うわけだ。どうして彼女を止めなかったのか、と。そんな時に、俺は止めたんだ、と言えるか言えないかで、周囲の見方は変わるだろ?」

「……他人の目を気にするほど、あんた友達いないじゃない」

「友達がいないからこそ、後々身勝手なことを周りから言われるんだろ。人ってのは、大義名分を与えると、自分のストレス発散のために他人に何だって出来てしまうからな」

巷《ちまた》で話題のネットリンチとかは、まさしくその最たる例だ。本来部外者なのにもかかわらず、人は他人の炎上騒動を目にすると、その炎上した人間を叩かずにはいられない。まあ、ネットで炎上した当人にも大いに問題はあるが、話は被害者と加害者の間で済ませるもので、第三者が口を挟むこと自体がおかしい。それなのに、連中はここぞとばかりに水を得た魚のように醜《みにく》く相手を叩いて……本当に、愚かな連中だ。

「まあそんな話は、今はどうでもいいんだ。俺が言いたいのはつまり、人ってのは結局、自分本位な生き物なんだってことだ」

「……それが何よ」

「仕事に失敗したストレス。恋人がお前を殴る理由はそれだそうだな。その恋人の行いは、果たしてお前のためなのか?」

「……それは」

「お前、ただ利用されているだけだぞ?」

林は黙って目を伏せていた。

「……それでもお前が相手のもとに戻る、というのなら俺は何も言わない。殴られても支えたいだなんて……。そこまで他人本位な生き方が出来るだなんて、とても素晴らしいことじゃないか」

「……うっさい」

「その結果、仮に自らの身を滅ぼしたとしても、お前は皆に称《たた》えられるべきだとさえ俺は思う」

「……」

「だけど不思議なことに、誰にでも出来るわけじゃないことをしたお前を褒《ほ》める人間はこの世に一人もいやしない。勇者は半生を捧《ささ》げて魔王を討ったら民衆から手放しで称えられるのに、お前は身を滅ぼしても、謝礼の一つも……恋人からさえ、何も得られないんだ」

つまり俺が言いたいことは……客観的に見たら、今の林の行動は、これまで彼女が払った代償に対して、まったく割に合っていない、ということだ。

とても皮肉めいた言い方になったのは、俺の性格の悪さが滲み出たから。今更ながらこんな言い方、頭に血が昇っている相手には逆効果だった気がしないでもない。

ただ生憎《あいにく》、俺にはこんな言い方しか出来ないのだからしょうがない。

つまり、俺は出来る限りのことをやった。これで林が、俺の話を聞いてくれないなら、もう俺にはどうしようもない。そういうことだ。

「……それは、ヤダな」

しかし林は、怒りのあまり我を忘れるほど、馬鹿な奴ではなかったらしい。感情的になり、この部屋を出ていってしまうと思っていたから、正直ちょっと意外だった。

ふう、と大きなため息を吐いて、林は前髪をかきあげて、俺のベッドにうつ伏せに転がった。

「……眠くなっちゃった」

枕に顔を埋《うず》めて、くぐもった声で林は言った。

「ゆっくり寝て、ゆっくり考えればいい。時間はいくらでもある」

「達観しているね。あんた絶対モテないでしょ」

「達観していたらモテないのか？」

俺がモテない理由は、それが原因だったのか。

また一つ、俺は賢くなれたようだ。だけど、賢くなれたところで根本的な問題が解決したわけではないので、俺がモテる日は一生やってこない。残念な限りだ。

「電気消すぞ」

たとえ電気を消しても、もう日は昇っているわけで、部屋は明るい。まあ気休めというやつだ。

林の返事はもらえなかった。既《すで》に寝たのか。何なのか。パチンとライトのスイッチを押して、俺も床に寝転がった。

しばらく俺は、床に寝そべったままスマホをいじって、飽きた頃に目を閉じた。

しかし、部屋に異性がいる異常事態のせいか。床で横になっているせいか。全然、眠れずにいた。

「ねえ」

更にしばらくして、ベッドで寝ていたと思っていた林から声がした。

「ヤる?」

一瞬心臓が跳ねたが、俺は黙っていることにした。ナニをするつもりか。敢《あ》えて問いただすようなことはしない。今日俺が彼女をここに匿《かくま》ったのは、ただの気まぐれに過ぎない。そんな気まぐれの結果、彼女とワンナイトを送っただなんて、彼女の恋人の悪口を言えなくなってしまう。

それ以上、林からの言葉はない。俺をからかったようだ。

と思ったが、突然、背中に温《ぬく》もりを感じた。

「ぎゃっ!」

背後から急に抱き締められて、大声を上げてしまった。

慌てて林を引き剥《は》がそうとする俺だが、さっきの挑発が本気だったと教えてくれるかのように、林は両腕に力を込めて、俺の体に絡《から》みついて離れなかった。林を離すために足掻《あが》こうにも、彼女を怪我させられないと思って、力を上手く込められなかった。

いや、もしかしたらそれ以外にも力が込められない理由があったのかもしれない。

気づけば、俺は唇を嚙み締めて堪《こら》えていた。柔らかく、されど弾力のある感触と温かさが背中に伝わり、少しだけ満更でもない気持ちがあることに気がついた。

そんな中、理性を保つことだけで、今の俺は精一杯だった。

「お前……何すんだ」

俺の声は震えていた。

「アハハ。やっぱ起きてんじゃん」

「俺が起きているかを確認するためだけにこんな行為をしたのか？」

「まだ抱きついていただけだよ」

「抱きついていいと、誰が言った？」

「抱きつくのに許可いるの？」

俺への許可は要らないが、恋人への許可は要るんじゃないの？　酷いことされたとはいえ、一応仮にも恋人だろうし。

ただ、今は彼女に恋人の話題は出すべきではないと思って、俺は下唇を噛むだけに留《とど》めた。

「……もしかして童貞？」

「違うけど？」

「嘘」

俺は黙った。

「……見栄《みえ》張っちゃって。初めてあんたのこと、可愛いと思ったよ」

「……黙れ」

俺は林を無理やり引き剝がそうと力を込めた。ただその拍子に、彼女の体が震えていることに気がついた。

さっきは、恋人に対して言いたい放題な俺に怒りを露わにしたが、内心ではやはり恋人に対する不信感があったのだろう。

「最初はさ、あんな感じの人じゃなかったんだ。優しくて、気が利《き》いて、あたしのワガママだって大抵聞いてくれた。変わったのは、同棲を始めてからだった」

「……」

同棲したから、本性を現したのだろう。

何も言わなかったのは、どんな言葉であれ今の俺の発言は、彼女を傷つけると思ったからだ。

「酷いもんだったよ。仕事以外でも、機嫌が悪くなる度、あたしのこと殴ってくるし。沸点が異常に低いっていうのかな。とにかく、そんなことで怒るの？　って、思うことばかりだった」

林の、俺を抱き締める手に力が込められた。

「機嫌が悪い日、仕事から帰ってくると決まって言ったよ。碌《ろく》に金も稼がないくせによく平気な顔してられるよなって。それで、じゃあ働くって言えば、高卒の分際で何が出来るだって怒りだすしさ。本当、散々だった」

「……よく頑張ったな」

「え？」

今、思わず柄にもない言葉が漏《も》れてしまった。顔が熱い。まさか俺の口から、こんな言葉が飛び出すだなんて。

……ただ、勝手に口から漏れたのだ。高校を卒業して数ヶ月しか経っていないのに、大学を辞め、親にも勘当され、ＤＶ彼氏に尊厳を踏みにじられ、壮絶な体験をしてきた彼女のことを見ていたら。

「今、なんて言った？」

「……もう言わない」

「いいじゃん。もう一回言ってよ」

「寝るぞ」

「あっ……ふふっ、しょうがないなあ」

どの目線からぬかしてやがる。そんな文句を言おうと思ったが、またさっきの不毛な問答が始まると思ったから、俺は黙って目を閉じた。

「……頑張ったなんて言われたの久しぶりだったよ」

耳元で、林にそう囁《ささや》かれた。

……本当、よく頑張ったよ。お前は。

目を覚ましたら、彼女の今後について話し合おう。とにかく今は、バイトの疲れを癒《い》やすため、俺は眠りにつくことにした。

第二章　悩みが多い女王様

CHAPTER 2

お昼頃、俺は床で寝たことによる体の痛みで目を覚ました。そしてぎょっとした。目の前に何故《なぜ》か、ハーフパンツとTシャツのみという露出の多い少女がいたからだ。

そういえば、と寝る直前までに遭遇した出来事を、俺は思い出していた。彼女は林恵《はやしめぐみ》。高校時代の俺の同級生で、上京先のこの地で、深夜バイト中に再会を果たした。彼女は所謂《いわゆる》、ドメスティック・バイオレンスの被害者だった。

再会して数時間。今頃になって俺は、高校時代は亜麻色の髪をしていた彼女が、黒色に髪を染めていることに気がついた。いや染めたのか……染め直したのか。まあ、そこは大して重要なところではない。

「変わったたな」

一人、俺は時間の流れの残酷さを目の当《ま》たりにした気分になり、辟易《へきえき》としていた。この前まで高校生だった目の前で眠る少女は、今では同棲するような相手がいて、絶賛DV被害中。高校時代までの、のほほんとした時間では味わえなかったような体験をしている。勿論《もちろん》、羨《うらや》ましいとは微塵《みじん》も思わない。むしろ、可哀想とさえ思うのだが……置いていかれたような気持ちになるのは、どうしてか。彼女とは別に高校時代仲が良かったわけではないのに。

それにしても……。

長いまつげ。純真無垢《むく》な寝顔。Tシャツをはだけさせて晒《さら》されたくびれた腰。なんと無防備な姿だろう。

高校時代、俺に敵意むき出しの視線を寄越《よこ》してきた女王様からは想像もできない姿だ。

少し小腹が空《す》いた俺は、体を起こして昼ごはんを作ることにした。多分、香ばしい匂いに釣られて、そのうち林も目覚めるだろう。冷蔵庫を開けて、焼きそばを作ることにした俺は、具材を切って、麺と具材を炒《いた》め始めた。

「んあ……」

「起きたか。体は痛くないか？」

本当に香ばしい匂いに釣られて起きてやがる。調理に集中したまま、俺は言った。

体を起こした林は、手をグーにして目をこすって、ふあああ、とあくびをして、半目で辺りをきょろきょろしていた。

「あー、そっか」

林は頭を掻いた。一体、何があー、そっか。なのだ。

「おはよう、山本。体中痛いよ」

「ベッドで寝ろって言ったのに」

「うっさいなあ。男ならそんなみみっちいこと気にしないでよ」

お前が体中痛いって言ったんだろ。と言おうとしてやめた。……ああでも、俺が体が痛くないかと尋《たず》ねたから、それに彼女が答えたのか。じゃあ、俺が悪いな。

「焼きそば？」

気づいたら背後に立っていた林が、尋ねてきた。

「おう」

「あんた、料理出来たんだ」

「多少はな」

数ヶ月も一人暮らしをすれば、多少は自炊も覚える。まあ、本当に多少だけども。

「そろそろ出来上がるから、待ってろよ」

「いいの？」

「おう」

「……ふうん」

数分の調理後、俺は皿に二人分の焼きそばを盛りつけて、部屋に戻った。

「頂きます」

俺達は手を合わせて、焼きそばを食べ始めた。うん。結構美味《うま》い。市販の味だ。

「美味《おい》しい」

「どうも」

俺は返事をしながら、スマホを取り出してポチポチし始めた。一人暮らしを始めてからは、食事中のスマホ操作を咎《とが》める者はいなくなった。だから、いつもの調子でやってしまった。

「あんた、行儀悪いよ」

　しかし、今日はこの家に来客がいた。申し訳ない、と言って、俺はスマホをテーブルに置いた。

「ごちそうさま」

「ご馳走《ちそう》様。美味しかったよ」

「まあ俺は、パックの裏にある説明通りに調理しただけなんだけどな」

「もうっ、折角《せっかく》褒《ほ》めてんだから、憎まれ口を叩くな」

「……ごめんなさい」

　高校時代の彼女の印象が抜けず、怒らせると怖いから、俺は不承不承《ふしょうぶしょう》ながらも謝った。テーブルには空《から》になった皿が二枚。それらを洗おうと、俺は立ち上がる。

「いいよ。あたしやる」

「なんで。お前は客人だろ」

「……一宿一飯《いっしゅくいっぱん》の恩だよ」

「不要な恩義だな」

「うっさい」

　林は昨日この家に来た時点で、頭を冷やすために俺がこの家に彼女を上げたことにお礼を言っていた。つまりどう転んでも、彼女はそれなりに今回の件、俺に恩義を感じたわけだ。

　俺的には、彼女はこれまで散々な目に遭《あ》ってきたわけで、この家にいる間くらいゆっくり骨休めしてほしいものだが、寝る前みたいな変な恩義の返し方をされるとそれはそれで迷惑なので、俺は素直に彼女の気が済むまで、洗い物をやらせようと思い至った。

そして、今度こそ、俺は林に咎められることなく、スマホを弄《いじ》りだした。調べ物をしたかった。

「終わったよ」

「ありがとう」

林は、テーブルを挟んで俺の対面《トイメン》に腰を下ろした。彼女と向かい合うと……寝る前の一件を思い出し、上手《うま》く目が合わせられない。まったく、いくら怯《おび》えていたとはいえ、人を抱きまくらにはしないでほしいものだ。そして、それ以上に挑発するのは本当にやめてほしい。俺相手だから無事で済んだんだ、と口酸っぱく言ってやりたい。俺みたいな意気地なしでなかったら、お前今頃メチャクチャにされてたぞ。そう説教してやりたくて仕方がなかった。

無論、俺にはそんなことを言う意気地もないけれど。

「少しは頭、冷えたか?」

俺は林に尋ねた。

「……うん、そうだね」

「じゃあ、話し合おう。……といっても俺はこんな性格だろう? だから、結局全部はお前がどうしたいか次第だ」

「……昨日も言ったけど、あんた達観しているよね。まるで人生二周目みたい」

「違うな」

「そうだね。人生二周目を送っている人なんて、この世にいるわけないか」

「そうじゃない。お前の言い方はまるで……人生二周目を送れたら、世渡り上手になれるだとか、楽しく人生が歩めるだとか、そういうふうに聞こえる」

「当たらずとも遠からず。……違うの？」

「違う」

　俺は即答した。

「仮に人生二周目を体験したとして、断言できる。そのままだと結局、迎えられる人生は一周目と変わらない」

「なんでよ」

「仮に二周目で、一周目にも体験した人生の岐路に立たされたとして、マインドが変わっていなければ、結局選ぶ道は変わらんからさ」

「ふうん」

「ならどうして人は皆、人生二周目に突入できたらより良い人生になると思っているのか。それは、マインドが変わると思っているからだ」

　林は俺の高説を聞いているのか、いないのか……。

「一番大切なことは、マインドを変えられるような体験をすること。そんな体験をするには、まず物事から逃げず、まっすぐ見据えて戦うことが必要だと俺は思っている。逆にそれが出来れば、二周目なんて体験せずとも、人生は素晴らしいものになるに違いない」

「へえ」

「曖昧《あいまい》な返事だな。……まあいい。とにかく俺が言いたいのは、お前もちゃんと現状と向き合えってことだ」

「現状と……?」

「そう。逃げず、自分の状況を客観視して、そうしてどうしたいのか、答えを導くんだ。そこでしっかり悩めば、後々後悔することは絶対ない」

「……それはわからなくない?」

不安そうに、林は俯《うつむ》いた。

「自分の状況を客観視しても、結局主観的な考えは混じる。答えを導く時、気の迷いで流されることだってある。……後悔しないなんて、絶対無理」

「無理じゃない」

「無理だよ……」

「大丈夫だ」

「……どうしてあんたにそんなことが言えるのよ」

「簡単だ」

俺は微笑んだ。

「だって、そのために俺がいるんだろう？」

らしくない言葉と笑顔を貼りつけて、俺は言った。まあ、珍しく斜に構えた言い回しが浮かばずストレートな物言いになったが、俺が言いたいことはつまりそういうことだ。

「何ら難しい話じゃない。一人だけで不安なら、他人を頼る。それは考えることが出来、そして他者に相談することで、それらの考えを共有することが出来る人間の特権だ。そうだろ？」

「……頼もしいこと言うなんて、あんたらしくない」

「頼もしい発言なはずがない。結局俺も、自分本位でお前の相談に乗ろうとしているだけだ」

「なにそれ」

冗談で言ったわけではないのだが、クスッと林は微笑んだ。昨日、再会を果たしてから、一番の笑顔だった。

「じゃあ一緒に考えよう。お前が今後、どうするべきなのか。まずは……辛《つら》いだろうけど、恋人とのこれまでを教えてくれ」

「……うん」

それから林は、数分間にわたり、俺に、上京してからこれまで、彼女の身に起きたことを、時に軽口や冗談を交えながら話してくれたが、正直、面白い話とは程遠かった。

恋人との出会い。

親との勘当。

同棲。そして暴力。暴力。……暴力。

壮絶で、自分の身に起こったとしたらと考えるとゾッとして、彼女がどれだけ自虐《じぎゃく》的に面白おかしく話そうとも、まったく楽しく聞けるわけがなかった。

「でもね、あの人ずっと怒っていたわけではないんだよ。謝罪もする。突然殴ってごめん。痛かったよね、もうしない。だから許してほしい。いつもそう懇願《こんがん》するんだ」

「ドメスティック・バイオレンスをする奴の行動には、一定の周期があるらしい。暴力を振るう時期と、暴力に対して反省や自己嫌悪に陥《おちい》る時期。そして、どんな些細《ささい》なことにもイライラする時期」

「……あー」

林は、どうやら俺の話した内容に思い当たる節《ふし》があるらしい。

「あんた、詳しいんだね」

「さっき調べた」

「さっき?　いつの間に?」

「お前が洗い物をしている間だ」

「なるほどね」

林は感心したような声を漏《も》らし、納得した。

「これまで他人に相談は？」

「あんたが初めて」

状況を考えればおかしくないが、彼女の高校時代を思うと違和感を覚えた。親は多分、相談不可能だったのだろうが、俺とは違い、彼女は親しい友達が多かったはずだ。そんな連中に連絡し、相談することは出来なかったのだろうか。

「そういえばお前、スマホはどうした？」

コンビニで再会し、ここに連れてくるまで、林は財布と衣類のみという軽装だった。今どきの人間なら必需品であるスマホを彼女はどうしたのだろうか。

「持ってない」

「持ってない？」

「……俺がいればいいだろって、あの人に……」

「……壊されたのか」

黙って、林は頷《うなず》いた。

「友達の連絡先とか、全部パー。新しいスマホも買わせてくれないし、完全に詰んでた」

「……そっか」

思ったより深刻な状況に、なるだけ明るく努めるつもりだった俺の声のトーンも低くなった。

林の恋人の独占欲は、正直言って凄《すさ》まじい。聞いているだけで身の毛がよだつ。

「大体わかった。……その、辛い話をすまないな」

「素直に謝るんだ」

「……お前に嫌な思いをさせて謝れないなら、お前の恋人と一緒になるからな」

「あー、わかるー」

「本当にわかってんのか?」

「ふふっ。どうだろ」

林は、苦笑していた。DVされている状況に慣れてしまったためか、はたまた今は落ちついているからか、そこまで心を蝕《むしば》まれている様子がないことは、わずかな救いだと思った。

「それじゃあ、お前が今後どうするべきか話そう。まず俺の意見だけど……やっぱり、昨夜言った意見と変わらない。お前は、恋人のもとに戻るべきではない。早く、そいつと縁を切るべきだ」

はっきりと俺は言い切った。まあ、言っていることは寝る前と変わらない。ただその時は結果として、あいつの反発を食らった。果たして今は、どうだろう?

彼女の次の言動に、俺は不安を覚えていた。果たして彼女は、俺の言葉に同意を示してくれるのか。

　彼女に何かあった時、俺はきっぱりと彼女に言ったんだ。そんな責任逃れが出来ればいい。

最初はそう思っていた。そもそも、自らの発言を否定するようだが、今回の件で、俺と彼女が出会っていたことを突き止める者は誰一人いないだろう。故《ゆえ》に俺は、仮に林に何かあっても誰かに責められることはきっとない。

　……だったら、一体誰が俺を責めるのか。

　それは他でもない、俺自身。一応知り合いの彼女に何かあった際、自らの罪悪感に苛《さいな》まれることがないように、前もって俺は、彼女に自分の主張を伝えたのだ。

　しかし、彼女の状況を聞いて……話は変わった。ここまで深刻な男との関係性を知ってしまった。その上で見過ごしにしてしまったら、俺は多分、罪悪感に押し潰《つぶ》されるに違いない。

　どんな言葉を用いても。どれだけ彼女に嫌われようとも。俺は、彼女にその恋人との関係を絶たせないといけない。

　……林は。

「……まあ、時たま暴力は振るうけどさ。あの人はあの人で、優しいところもあって、可愛いところもあった。そんな人なんだよ、あの人は」

「そうか」

「……でも」

林は、穏やかに微笑んでいた。

「あんたの言う通りだと思うんだ。あの人は結局、自分のためにあたしに付け込んで、あたしを利用している。あたしを束縛して、独占欲を満たして、言っちゃえば王様気取り。……あんたに言われて、目が覚めたよ」

「……それじゃあ」

「あの人とは別れようと思う。もう、関わりたくない。二度と」

俺は、ホッと胸を撫で下ろした。

ひとまず安堵《あんど》したのも束《つか》の間《ま》、俺は再び真剣な眼差《まなざ》しを林へ向けた。

「俺からもう一つ提案があるんだが、とりあえず聞いてくれないか？」

「何？」

「ドメスティック・バイオレンスの加害者の執着心のことだ」

まあ要は……これまで林の恋人は彼女に相当の独占欲を見せていたわけで、そんな執着の対象が突然目の前から去ったら、彼が何を思うかは火を見るより明らかってことだ。

「お前の恋人がお前のことを逆恨みして、報復行為に出ないとも限らないと思うんだ」

そもそも、ただ別れましょうなんて言って、相手がそれに応じるとも思えない。そんなことを言いだした途端、また実力行使に出ることも想像に難《かた》くない。しかし、その恋人に別れを告げることもせず、これからの人生、その恋人から逃げ続けるような真似も林にはさせたくない。

「……そっか」

「だから、俺から一つ提案があるんだ。内容は要するに、お前の恋人に、もうお前に関わりたくない。そう思わせるための提案だ」

「何？　まさか、リンチでもしようっての？」

「それは飛躍しすぎだ」

真っ先に暴力に訴えるような発想が浮かぶこいつの短絡さに呆《あき》れつつ、俺は続けた。

「行きたい場所がある」

「そこは？」

「病院と警察」

「警察？」

林は目を丸くしていた。リンチって言葉は浮かんでも、警察を頼ろうって考えが浮かばない理屈はよくわからない。

「被害届を出して、恋人のことを刑事告訴しよう。さすがのそいつも、警察の監視下に置かれた上で前科持ちにされたら、もうお前に近づけないだろ？」

「ち、ちょっと待って。何もそこまでする必要、あるの？」

リンチは考えていたが、警察沙汰《ざた》にするつもりはなかったのか、林は少し困った様子だった。

「……体中傷だらけにされて、友人との連絡手段も絶たれて、親との勘当だって言ってしまえばそいつが原因。スマホもだ。破壊して、お前を孤立無援の状態にさせたのだって、お前の逃げ場を奪うため。……そこまでされていたのにお前、警察沙汰にしないっていうのか?」

ありのまま、こいつが恋人に受けた仕打ちを俺は伝えてやった。

ここまで言えば、わかると思ったのだ。こいつが恋人に受けた仕打ちが、普通のことではないってことが。異常だってことが。警察沙汰だってことが。

しかし、林の顔は晴れなかった。

俺はしばらく、林の返事を待つことにした。一度は同棲するまでに至った相手に関することだ。躊躇《ちゅうちょ》するのだって、当然だと気づいたのだ。

しかし、いくら待っても、林からの返事はなかった。

「お前、恋人と別れる決心がついたんじゃなかったのか?」

責めるわけでもなく、諭《さと》すように俺は言った。

「……別れることと、警察沙汰にすることは違う」

ようやく、林は口を開いた。しかし、反抗的な声音も、口を尖《とが》らす様も、不貞腐《ふてくさ》れた子供のようにしか見えなかった。

林の言いたいことは、それだけ聞けばよくわかった。つまり林は、まだ恋人に対する情が残っているのだ。いや、もしかしたら罪悪感かもしれない。どんな形であれ、恋人を増長させたのは自分の責任。だから、警察に突き出すのは望んでいない。そんな感じかもしれない。

まあ実際のところ、林が警察沙汰にするのを嫌がる真意はわからない。ただ、どちらにせよ今の林には恋人を警察に突き出す意志がないってことだけは理解できた。

それならば……俺が今、林に言うことはただ一つ。

「わかった。じゃあ警察に行くのはなしだ」

「……いいの？」

上目遣《うわめづか》いに見上げる林の瞳は、不安そうに揺れていた。

「ああ、俺は構わない」

「……そう」

「さっきも言ったことだ。俺は結局、相談を受けることしか出来ない。俺はこうした方がいいと思っても、お前からしたら嫌なことだって当然ある。そういう時は今みたいに嫌だって言えばいい」

「……うん」

「まあ強《し》いて注文をつけるなら、もっと気楽に俺の言葉を受け止めろ。嫌なら嫌って、はっきり、さっさと言ってくれ。その方が効率的だ」

林がムッとしたのがわかった。

「わかってたけどさ。あんたがそういう奴だってこと。でも、もっと言い方あるよね」

そういえば、高校時代から、林はこういう奴だった。傍若無人《ぼうじゃくぶじん》に振る舞う割に、彼女は相手を傷つけるような言動は避けている。

しかし、これは少し違うだろう。

「他にどんな言い方がある」

だから、俺はあえて食って掛かることにした。

「そういうとこだっての」

「さっきも言ったろ。人生をより良いものにしたいなら、現状と向き合うことが大切だって。お前、今の自分が困難な状況に置かれているのに、他人に気を遣っている場合なのか？」

「う……」

「俺はこうも言った。自分で解決出来ない問題があるのなら、他人を頼るべきだと。一人で解決出来ない問題がある時、お前はそうやって他人に気を遣って機を逃すのか？　そんな生き方、実にバカらしいと思わんか」

「……仕方ないじゃない」

「仕方ないはずがないだろ。逆の立場になって考えてみろ。俺が困難な問題を抱《かか》えていて、お前しか頼れる人間がいない時。そして、お前が俺の相談に乗った場合。お前は、俺にどうなってほしい」

「……そんなことありえないからわからない」

「確かに」

「でしょ？」

「……うむ」

俺は咳払《せきばら》いを一つした。

「じゃあ、笠原《かさはら》だ。お前の親友の笠原が困っている姿をお前が目撃して、お前が笠原の相談に乗ったとすると、お前は笠原にどうなってほしい」

「……そりゃあ、一刻も早くその問題を解決してほしい」

「そうだ。つまり、今の俺も、お前が言ったようなことをお前に対して思っているってことだ」

まあ、林が親友である笠原を助けたい、と思う行動原理と、俺が林を助けたい、と思う行動原理は大きく異なる。だが、起こす行動の内容はどちらも一緒。

一人では解決出来ない厄介な問題を抱える相手を助けたい。

その一点でのみ、俺たちは意見の一致を見た。

そして、今はその一点さえ合意できれば十分だ。

「俺は困難な状況のお前を助けたい。だからいろいろ相談にも乗る。アドバイスだってする。場合によってはそのアドバイスでお前の気分を害するだろう。強い言い方も時にはするだろう。だが、俺の言葉を鵜呑《うの》みにするな。一つの案だと思って受け止めてくれ」

「……うん」

「そして、俺の言葉も参考にしながら最終的に答えを導くのはお前自身だ」

「……あたし自身」

「そうだ」

俺は真っ直ぐ、林を見据えた。

「お前が決断しなけりゃ、全て意味がない」

「……わかった」

「ひとまず、警察沙汰にするのはなしだ。お前を助けたいと言っておいて、その結果お前が嫌な思いをするのなら本末転倒になる」

「最初からそう言えばいいのよ……」

「悪かったな」

呆れた調子のため息を吐《つ》いて、俺は続けた。

「それと、しばらくはこの部屋にいろ」

「えっ」

林の声は、明らかな拒絶の意志が見て取れた。あからさまに俺から距離を取って続けた。

「……結局、そういうことなの？」

「どういうことだ」

「最低」

「おいっ。お前、一体どんな想像していやがるんだ」

再び俺は呆れてしまった。

「お前、恋人と同棲してるんだろ」

「……あ」

「その家には帰れないだろ。そして、お前は今、その恋人によって友人との連絡手段も絶たれている。親との関係だってそうだ」

そもそも、どこから林の恋人に林の居場所がバレるかもわからないこの状況下で、昔の伝手《つて》を頼ることさえ得策ではないと俺は思っていた。その点、俺はもとからこいつと仲良くもないし、共通の友達も少ないから、多少は安全なはずだ。こいつのＤＶ彼氏……ああ、今では元恋人か。そいつのことだって、俺は一切知らないしな。まあ、怖いもの見たさと野次馬根性で、遠くからこっそり見てみたい気持ちは少しあるけれど。

「きっとお前の恋人、今頃、お前を血眼《ちまなこ》になって探しているぞ」

「う……」

林の顔がひきつっているのがわかった。

意外と顔に出る奴だな……。高校時代は仏頂面《ぶっちょうづら》か怒った顔か仏頂面しか見たことがなかったから、驚いた。

「だから、しばらくはこの部屋からは出るべきじゃない。そう思っての提案だ」

「……わかった」

見つかったら最後、林が恋人から受ける仕打ちの凄絶さは、容易に想像出来た。

とりあえず思いつく限りのことを全て言い終えて、俺はふうと一息ついた。上京して以降、家族とも物理的な距離が生まれ、こうして他者と長時間話す機会がめっきり減ったせいで、喋《しゃべ》り疲れたのだ。

他には何かあったか。俺はしばらく考えて……そうして思い出した。

「……あと、一つだけ、いくら嫌でも応じてもらわないといけないことがある」

「何？」

林は、ハッとした顔をした。

察してくれたのなら話が早い。さすがの俺も鬼ではない。それくらいの許容はしてやるつもりだった。

林は、一瞬恐怖を顔に滲《にじ》ませた気がした。高校時代から強気だった彼女からしたら珍しい表情だ。その後、林は俺を睨み、そうして気丈に振る舞った。

「まあ、構わないよ。言い方は少し気に入らないところもあるけど、あんたはあたしを助けてくれるわけだしね」

少しばかり早口に、林は捲《ま》くし立てた。

俺は悟った。

こいつ、また何かしょうもない誤解をしているな？

「あたしの体を自由にさせろってことでしょ？」

「しょうもねえこと言うな」

「何がしょうもないのよっ！」

……頭が痛い。

ドメスティック・バイオレンスをするような恋人のそばにいて、相手の考え方に染まってしまったからそんな発想が浮かぶのか？

だとしたらひどく不憫《ふびん》だと思う。

俺は林をじっと見た。林は、自分から言いだしたことなのに、敵意を孕《はら》んだ視線を俺に寄越した。その目は、言葉とは裏腹に、俺に体を預けることへの嫌悪感をわかりやすく表していた。

こいつ、さっき寝る前には俺に迫ってきたくせに……。

ワンナイトは良くて、日常的な行為はダメなのか？　それとも、自分を物みたいに扱われるのが嫌なのか？

……まあ、こいつの性格上、多分後者だろうなぁ。

俺は、ため息を吐《つ》いた。

それにしても、こいつを家に匿ってから、俺は一体何度ため息を吐いたことだろう。

「嫌なら、体を自由にされても構わないなんて言うなよ。そんなことじゃねえよ」

俺は言った。

「なら何よ」

俺の言葉なんて、まるで信じていない視線だった。

……前途多難だな、こりゃあ。

「病院、行くぞ」

「……病院？」

「さすがにほっとくわけにはいかないだろ？」

林の手首を指さして俺は言った。

「……ああ、そっか」

「そうだ。そういうことだ」

「……そっか」

さっきまで、あんなにも俺を睨みつけていた、というのに。

今の林は何故だか……少しだけ、残念そうに見えた。

この女王様の考えることは、俺には到底理解できそうもない。

第三章　料理が得意な女王様

CHAPTER 3

林恵《はやしめぐみ》と俺の初めての会話は、思い出すのも酷《ひど》いものだった。

高校一年の頃。彼女は覚えてなどいないだろうが、実は俺たちは席が隣同士だった時期がある。その時、俺は一度だけ彼女に声をかけたことがあった。

林という女子には、高校入学当初から友達が多かった。強気な物言いは玉に瑕《きず》だが、顔は綺麗だし、女王様と呼ばれるだけのカリスマ性と人気がある分、取り巻きのような存在だっていたからだ。

当時の林の人気ぶりは凄《すご》かった。一体、何がそこまで彼女を人気者たらしめたのか。俺には到底理解できないが……告白の呼び出しがダブルブッキングしてしまい、代役に相手を振ることを頼むため騒いでいる現場を見たこともしばしばあった。さすがにそういう時ばかりは、あの女王様も罪悪感を覚えたのか、代役を頼んだ子に両手を合わせて平身低頭していたが。

とにかく、そんな調子で高校時代の林は超がつく人気者だった。だから休み時間、林の席の周りは取り巻きによって埋まってしまう。あの頃の俺は、休み時間に少しでも席を外すと勝手に席を取られてしまうから、おちおちトイレに行くことさえ出来ずにいた。

俺達の初会話の舞台は教室。友達過多の彼女の周りから人が去る、休み時間明けの授業開始直後のことだった。

確か、歴史の授業だった気がする。今では懐《なつ》かしい境川《さかいがわ》先生が教室にやってきて授業を始めようとした時だ。

林の机から、消しゴムがポロッと落ちたのは。

林があくびした拍子《ひょうし》に、彼女の机からそれが落ちる現場を俺は目撃し、落とした当人はそのことに気づいた様子はなかった。

俺は考えた。あの消しゴムは拾うべきか。放っておくべきか。

そして、この女なら俺が消しゴムを拾わなかったことを、後々グチグチ言いそうだ、と思い至り、まさしく自分本位の考えで消しゴムを拾ってやることにした。

体を倒し消しゴムを拾う際、隣にいた林から刺さるような鋭い視線を感じた。消しゴムを拾うだけなのに無駄に緊張したのは、この時が初めてだった。

「落としたぞ」

消しゴムを拾って、あいつの机に載《の》せて、俺は言った。

林は俺に返事をくれた。

ただそれの意味するものは、感謝ではない。俺の手を煩《わずら》わせたことへの謝罪でもない。

なんと、言葉ですらない。

「ちっ」

所謂《いわゆる》舌打ち。

消しゴムを拾う労力を払った俺に、あいつが寄越《よこ》した返事は、まさかの舌打ちだった。

なんて女だ。善意をこんな形で返すだなんて。

その一件で、俺の中での林に対する評価が固まったことは言うまでもない。勿論《もちろん》、いい評価であるはずもなく……その一件以降、俺は林から距離を置くようになった。

学年が変わる度《たび》……つまり、クラス替えのごとに思ったものだ。今年は林とは別のクラスになればいいな、と。しかし、そんな俺の願い虚《むな》しく、結局高校三年間、俺たちはずっと同じクラスになるのだった。

だからこそ、目を覚まして、昨日ぶりに林の寝顔を拝《おが》んだ俺は思った。

こいつの状況があまりに悲惨だったとはいえ、まさか林と同じ部屋で一夜を過ごすことがあろうとは、と。

「今日は布団を買わねば」

まだ寝ている林を起こさないよう、俺は静かに立ち上がった。二日続けての床でのゴロ寝。俺の部屋のベッドは特別柔らかいわけでもないが、こんな形でそのベッドのありがたみをわからされる時がやってくるだなんて、一昨日までの俺は微塵《みじん》も思っていなかった。

昨日は結局、昼過ぎに目覚めてから、林の今後の方針決定に、林の病院の付き添いに……その後、林をこの家でしばらく匿《かくま》うための彼女の衣類などを購入することに一日を費やした。とにかく、布団を購入する時間的余裕がまったくなかった。

今日は月曜日。日中は大学で講義がある。だから、布団を買うのはその講義が終わってからの帰路になるだろう。

と、そんなことは置いておいて、俺は朝の支度を始めることにした。

一人暮らしの大学生の生活なんて、自堕落《じだらく》極まることは珍しくもないのだろうが、俺は深夜バイトの翌日以外はいつも早朝に目覚めるようにしている。朝早くに目覚めると、午前中に長く活動できるので、何だか少し得した気分になるからだ。いつもは早く起きた分、部屋の掃除を入念にしてから出掛けるのだが、生憎《あいにく》今日は俺のベッドを占拠して寝ている奴がいるため、起こさないように掃除は控えた方がいいだろう。

高校時代、自分を嫌っていた相手だからといって、さすがの俺も無慈悲に彼女の睡眠を阻害しようとは思わない。むしろ、ここに来る前まで悲惨な目に遭《あ》っていた彼女をそれなりに可哀想だと思っているせいで、ここにいる間くらいは好きなだけ寝かせてやりたい。そんなことを考えてしまう。

ただそうすると、俺の朝のルーティーンである掃除が出来なくなるわけで……さて、どうしたものか。

少しの間、頭を捻《ひね》って、こんなにも早く起きているというのに、俺は朝やることが掃除だけなんだな、と気づくに至った。

もしかして俺の人生、悲惨すぎ？

俺はしょうもない考えを振り払い、スマホのスリープを解除し時間を確認した。もう始発は動いている時間だった。

「朝飯作って出るか」

今日の講義は、幸い一限目から。予習も兼ねて大学の図書館で過ごす、というのも一つの選択肢だろう。

よし、そうしよう。

即断即決した俺は、この家の小さなキッチンで手早く調理を始めた。朝ごはんは、昨日炊いたご飯の余りと、味噌汁と、ウインナーとサラダにした。

一人用の小さなテーブルに、林用の朝食も置いておいた。

手早く大学へ行く準備を済ませ、俺は家を出る前に林の様子を確認した。

林は未《いま》だ、寝息を立てたまま頭から毛布を被《かぶ》って眠っていた。その寝息を聞いていると、この家に少しは林も馴染《なじ》めたんだなと思って、わずかな安堵《あんど》を覚えた。

昨日赴《おもむ》いた病院で、林は全身の打撲に加えて、俺が彼女の異状に気づくきっかけになった手首に至っては、剝離《はくり》骨折までしていると診断される始末だった。

その際の林は、意外と落ち着いて医師からの診断結果を聞いていた。普通ならその内容を聞いて取り乱したり、恋人から受けた仕打ちの酷さに憤《いきどお》ったりしそうなもんだと思いながら、俺も一緒になって医師の話を聞いていた。

林はその後、事情を詮索《せんさく》してくる医師をごまかして早く帰ろうとしていたが、俺に諭《さと》されて病院から診断書だけはもらっていた。俺が林に診断書をもらうように伝えたのは、将来的に林の気が変わった時に、事を有利に運ぶためだ。

それにしても林の奴、病院での態度といい、警察へ恋人を突き出すことを拒《こば》んだり……今もまだ件《くだん》のＤＶ彼氏に遠慮があるんだな。

高校時代の林ならば、それこそ恋人からドメスティック・バイオレンスを受けるどころか、言い負かして泣かせたり、彼氏を尻に敷く姿しか想像できないというのに。

……いや、林はどちらかというと、そういう鬼女みたいなタイプではなく、自分の中の正義には良くも悪くも、絶対に従う。そういうタイプだ。

何にせよ、林は本当にこのままでよいのだろうか……？

誤解をしてほしくないのは、俺は別に、林が俺の部屋にずっといることが迷惑だと言っているわけではない。無論、俺は親元を離れて一人で生活をするために上京してきたのだから、家に誰かいること自体は嫌だ。大層嫌だ。

ただ、それは今のところは一旦置いておいて……林は本当に、このままＤＶ彼氏を告発しなくてよいのだろうか、と、そんな思いに囚《とら》われているのだ。

……やめよう。こんなことを考えるのは、やめよう。

今の林には、元恋人を告発する意志がない。だったら、それで良いではないか。そうだ。そもそもこの一件は昨日、林本人に、彼女の意志を尊重すると宣言したばかりじゃないか。だったら、いつか林が心変わりした時にこそ、俺は彼女のサポートに注力するべきだ。

大学へ到着し、講義を受けて、予定通り、帰路に俺はホームセンターへと立ち寄り、布団を購入することにした。

大きい袋に入った布団を持ち、俺は部屋に帰った。

俺の部屋があるアパートは、建物の正面から各部屋の換気口用の小窓が見える。その小窓から明かりが見える時は、部屋に住人がいる目印にもなるのだが、外から小窓を見上げると俺の部屋にもまた、家主がいないにもかかわらず明かりが灯《とも》っているのだった。

「ただいま」

まさか、一人暮らしのための部屋に帰ってくるのにこの挨拶《あいさつ》をすることになろうとは。しかし、意外と悪い気がしないのは、数ヶ月の一人暮らしでそれなりに人恋しさを覚えていたからか、はたまた香ばしい匂いが鼻腔《びこう》をくすぐったからか。

フライパンで肉を焼く際のジューッという音が、ドアを開けるなり聞こえてきた。

「おかえり」

料理をしている林は、昨日買ったヘアゴムで髪を束ねていた。髪を束ねただけだというのに、林の印象は昨日とはまた違って見えた。家庭的、というか、なんというか。

挨拶こそしたものの、林は俺に顔を向けない。このそっけない態度は何だか、高校時代のこいつを思い出させる。

ただ今は、多分料理の火加減を見るためにそういう挨拶の仕方になっただけだろう。そんな単純なことにすぐに気づかなかったのは、この数ヶ月の孤独な一人暮らしで他者と関わる機会が減ったせいなのかもしれない。

「あんた、ハンバーグ好き？」

依然、こちらに顔を向けず、林は尋《たず》ねてきた。

「……別に、そんなことして待たなくても、帰ってきてから俺が料理したぞ？」

「あたしはあんたに匿ってもらっている身でしょ。これくらいするのは当然」

「俺からしたらお前は客人だ。俺がもてなすのは当然だと思うが」

「……いいよ。これくらいわけないし」

「手馴れているんだな」

「おかげさまでね」

林はフライパンの上のハンバーグをひっくり返した。

「で？」

「え？」

「あんた、ハンバーグは好きなの？」

「……嫌いじゃないいな」

「中途半端な答え」

林は苦笑して続けた。

「起こしてくれたらよかったのに。出掛ける時」

「起こす理由があるか？」

「家主を見送るのは当然でしょ」

「そんな大層なもんじゃないぞ、俺は。この部屋だって親の金で借りているだけだ」

「でも、昨日は診察代から日用品のお金まで、いろいろ負担してもらった」

「協力者なんだから当然だろ」

昨日も言ったことだった。俺は林をサポートすると決めて、その方針に従っただけだ。そのサポートに関することで、林が落ち込んでいちゃあ意味がない。

「お前は高校時代みたいに、もっとふてぶてしくしていろよ。今のお前はやりづらくてしょうがない」

「あー、わかるー」

「何がわかったんだ？」

「うーん。わかんない」

「は？」

こいつ、料理に集中しているからって、適当に返事しすぎだろ……。

まあ、料理をしてくれていること自体はありがたいので、邪魔したら悪いと思って、俺は黙っていることにした。

しばらく、お互い無言になり、フライパンの上でハンバーグが焼かれる音だけが室内に響いた。

「ねえ、山本《やまもと》」

「何だ」

「相談したいことがある」

「わかった」

「そろそろ夕飯出来るから、食べた後で話させて」

林はそれだけ言って、調理に戻った。

単身者向けの物件特有の、住む者に調理させる気などないような異様に小さいキッチンの前に立つ林の様子を、俺はリビングからしばらく眺めていた。当人には言えないのだが、高校時代の林を知っている身からすると、彼女がまともに料理出来るのか心配になる。

というのも、俺たちの所属していたクラスは二年生の時、文化祭の模擬店で喫茶店をやった。高校の文化祭にもかかわらず、浮かれた連中の思いつきのせいで俺たちは十個ものメニューを販売することになった。てんやわんやする文化祭の最中、調理場でカレーに入れる具材をたどたどしく切る林の姿に、俺は仲が良くないながらに不安を覚えたんだ。

そういえばあの時は俺の危惧《きぐ》した通り、林が包丁で指を切って大騒ぎになったっけ。そして、何とか文化祭も終わり、俺たちのクラスは来年への教訓として、入念な準備の必要性に気づかされたのだ。まあ、勿論大抵の奴は文化祭なんか終わってしまえばそんなことは忘れてしまったのだが。

まあ、それはともかく、俺は林の調理の腕前を高校時代に見ていたために、今も彼女の心配をしていた。

しかしよく考えてみれば、フライパンの上には、今にも焼きあがりそうな二つのハンバーグのタネ。あとは火加減を見ながら焼き上がりを待つだけ。つまり、もうハンバーグ調理の上での難所は越しているわけだ。

林の手際《てぎわ》は、明らかに高校時代よりも良くなっていた。DV彼氏に専業主婦になるように言われていたそうだし……そいつに強要された結果だろうか？

もしそうだとしたら、酷い環境であった結果、彼女は料理の腕を上げたということになり、なんだか皮肉めいていて林のことをまた少し不憫《ふびん》に思ってしまう。

あの頃とは違う、手馴れた様子でハンバーグを焼く林を見ているうちに、ある疑問が浮かんできた。

……あれ？

そういえば俺、挽《ひ》き肉なんて買っていたっけ？

一人暮らしの俺の食事情は、多分そこいらの一人暮らしの大学生よりも味けない。

昔から俺は、食に対するこだわりが薄いのだ。腹が減った時、空腹が満たせればいい。それくらいの意識だった。

そんな俺の作る料理は、結構やっつけだ。大体は手軽に作れる焼きそばやチャーハン。たまに凝《こ》ったものを作りたいと思っても、せいぜいシチューとかカレーくらい。俺からしたら今日の朝食だって、林という客人がいたせいで、それなりに手間をかけたと思っているくらいだ。

つまり何が言いたいかって、やはりいくら思い出そうが、俺はハンバーグを作るための合い挽き肉なんて購入した覚えがないってことだ。

では、今フライパンの上で焼かれているハンバーグの具材を買った者は、一体……？

それは、頭を捻らせる必要もないくらい、あまりに解が明確な問いだった。

「出来たよ」

食器に盛りつけられたハンバーグを、林は二人分テーブルに並べた。それから炊いていてくれたご飯と、味噌汁と。

実家を出て以来の、まともな夕食だった。

「ふう」

一息ついて、林はヘアゴムを外した。艶《つや》のある黒髪が揺らいだ。

「いただきます」

「うん」

林の振る舞ってくれた夕食を、口に運んだ。美味《うま》かった。だけど、素直に美味《おい》しい、と言いたくない気分なのは一体どうしてか。

……多分、今俺は林に対して、確認したいことがあるから。だから、喉《のど》に言葉がつっかえて、素直に林の手料理を褒《ほ》める気にならなかったのだ。

「どう？」

「え？」

林の視線が少し冷たかった。

「美味い」

「あっそ」

そっけない返答ながら、林は少しだけ嬉しそうにも見えた。それから林は、自分の作った手料理をゆっくりと食べ始めた。

俺たちに会話はまったくなかった。

高校時代、俺たちの仲は良くなかった。未だに一緒の空間に二人きりでいることへの気まずさがあるから会話がない。

それだけがこの無言の理由ではない。

いや、俺には今、それ以上に林に声をかけられない理由がある。

挽き肉の件、どういう言い方をして尋ねるべきか。

そして、林の言った相談事とは、一体何か。

考えても考えても、疑問が浮かんでは消え、浮かんでは消え。何から話していいのか、答えがわからなかった。

「ご馳走様《ちそう》」

「ん」

ほぼ同時に夕飯を食べ終わった林は、当然のように俺の分の食器も持って立ち上がった。

「洗い物なら俺がやる」

そう言ってみたが、

「いい」

キッパリと林に拒絶されて、俺は少しだけ上げた腰をまた下ろした。

手持ち無沙汰《ぶさた》になってしまった。

「お前、今日、外に出たのか?」

暇になったことが原因か。俺はリラックスした拍子に、喉につっかかっていた言葉を吐いていた。

シンクに向かい、食器を洗う林の横顔が少し強張《こわば》った気がした。洗い物をする手つきもぎこちなくなったように思う。

そして、俺は気づいた。外に出ただけの林を咎《とが》める感じのこんな言い方。これでは俺も、林の元恋人みたいに束縛が強い男のようではないか。

そうじゃない。

そうじゃないんだ。

俺はただ、林が元恋人に執着され、行方を追われているだろう現状を想像したから、心配したからこそ、林が無闇に外に出たことを咎めるような真似をしてしまっただけなんだ。

それは昨日だって、懇切丁寧《こんせつていねい》に林に説明をした話だった。

林の現状を憂《うれ》いているからこそ、元恋人を警察に突き出す説得だって試みたんだ。

……わかっているはず。

林だって、わかっているはずなんだ。

「悪い？」

しかし、林の返事は……。

自分の非を詫びるでもなく。

自分の行いを反省するでもなく。

……完全な開き直りだった。

俺は返事に戸惑《とまど》った。辛《かろ》うじて、顔に出さないようにするだけで精一杯だった。

シンクに流れる水の音が、やけにうるさく感じた。

……ゆっくりと、これまでの経緯《けいい》を整理することにした。

今の俺は、あくまで林を一時的に匿った身に過ぎないこと。

今の林は、単なる協力者に過ぎない俺の助言を、必ずしも聞かなければいけないわけではないこと。

そして、高校時代の俺たちは、仲が良くなかったこと。

料理をしている時の、さっきまでの林は、高校時代の彼女を知る俺から見て、まったくの別人のようだった。

だけど。

……たった今見せたように、自分が納得できないと思ったことに対して、すぐにムキになる林は、高校時代に散々見てきた傍若無人《ぼうじゃくぶじん》な女王様の姿そのものだった。

「まあ、悪くはないな。俺のアドバイスを聞き入れるかどうかは、お前が決めることだ」

それもまた、昨日林に丁寧に説明した話だ。

「だけど、俺はお前の行いが軽はずみだったと確信している。思っているわけではない。確信しているんだ。俺はお前の元恋人のことをお前から聞かされた話でしか知らない」

しかし、彼女の言い分が正当だからって、俺が俺の意見を伝えない理由にはならない。

「でも、だからこそ俺は客観的にお前の元恋人のことを評しているつもりだ。そんな俺からして、お前の元恋人はあまりにも危険だ。元恋人と再会し、自《みず》からを危険に晒《さら》すかもしれない真似をするだなんて、お前の行いはあまりにも軽率だ」

「……あんたに何がわかるのよ」

林は不貞腐《ふてくさ》れたように言った。

「何もわからんさ。当たり前だ」

「……」

「俺はお前の意見が間違いだなんて言ってない。今のはあくまで、俺の客観的意見だ」

「そんなの、正しいかなんてわからないじゃない」

「だから俺も、お前の考えが間違っているとは言ってない」

「だったら……っ」

林は、口をつぐんだ。

しばらくして、食器を洗う手を止めて、顔もこちらに向けてきた。

ただ、なかなか言葉は発しなかった。

葛藤《かっとう》でもしているのだろう。

林は落ち込んだように俯《うつむ》いた。そして、気持ちを落ち着かせたいのか食器洗いを再開させるのだった。

室内には食器を洗う音だけが響いた。

食器洗いを終えた林は、蛇口を締めて、手を拭《ぬぐ》ってリビングに戻ってきた。

林は俺の前で正座した。

「ごめん。意地張った……」

意外にも、林は素直に俺に謝罪をしてきた。

高校時代のこいつなら、即座に文句の倍返しをお見舞いしてきて、俺たちはノーガードの口論合戦に発展していたはず。そうならなかったあたり、やはり林は高校時代とは変化しているると思った。

「とりあえず、足、崩せよ」

林は俯いた。正座は崩さない。

「……俺こそ悪かった。夕飯の買い出しなら、俺に頼めばいいと思ったけれど、それなら今朝、お前が起きるのを待った後、少し話をしてから家を出るべきだったな」

「この部屋にあたしが転がり込んで以降のことで、あんたがあたしに謝る必要があることなんて、一つもないでしょ」

予期せぬ言葉だった。そりゃあ、あくまで俺は、林を匿っている側。他の男なら、もしかすると多少は恩に着せたり、酷い場合は自分の性的欲求を満たすために林をいいように扱うのだって許容されると考えるかもしれない。

無論、俺が林にそんなことをする日がやってくることはありえない。

そもそも俺は、見返りを求めて、彼女を匿うことにしたわけではないのだ。

ただ、そんなことはともかく、この会話で、ほんの少しだけ林の相談事がわかった気がした。

「お前の相談事って、夕飯の買い出しをどっちがするべきか、とかそんな話か？」

「ううん。違う」

……違うんかい。

「違うのか。てっきり俺は、食材を買い足すためにリスクを犯してまで外に出たから、今後はリスク回避のために担当してくれって、そんな話かと思ってた」

「……全然違うよ」

「全然、違うのか」

「正直、ね。今日、あたしがスーパーで買い出しをしてきたのは、ついでだったんだ。そのついでじゃない外出した理由が、相談したいと思っていたこと」

「そうだったのか。ついでだったのなら、わざわざ買い出しなんてする必要なかったのに。金はどうしたんだ？」

「あの人から与えられた残りのお金を使った。……ついでに買い出しをしたのは、ばれるかもって思ったから」

「何が」

「あたしが、外出したことが」

林は言った後、苦笑した。

「まあ、実際にばれたわけだけどね」

その苦笑する顔に悲壮さを感じながらも、俺は点と点が結びつかず、首を傾《かし》げていた。

「よくわからないか。そうだよね」

「……ああ」

「あの人はさ、すぐに文句を言う人だったんだよ。本当、すぐに。機嫌が悪くなると、何かと理由をつけて文句を言ってきた。床に無造作に置かれたゴミを勝手に捨てたら、なんで勝手に捨てたんだって言って、捨てていいか尋ねるとそんなの聞かなくてもわかるだろって文句を言う。そんな人だったの」

　連想するのは、無能な上司への対応に頭を悩ませるブラック企業のサラリーマンだった。

「だけど、あの人も唯一《ゆいいつ》静かな時間がある。それは何かって、ご飯を食べている時。口に物が入っているからね。ご飯を食べている時間だけが、あの家でのあたしの憩《いこ》いの時間だった。だからかな。ご飯を食べている間は難を逃れられる。その間に、もしかしたら文句の言葉を忘れてくれるかもしれない。だから、スーパーに立ち寄ってご飯を作ろうって思ったの」

「……そっか」

　思っていた以上に悲惨な林の話に、なんて言葉をかけていいかわからなかった。この時点で、これから林がしてくる相談事が、いい話ではないと確信した。俺は俯いてしまった。

　しかし、未だに正座している林に気づいて、すぐに俯いている場合ではないと思い直した。

「ともかく、夕飯の買い出しはこれからは俺が担当するから安心してくれ。というか、一通りの家事は俺がするぞ。この部屋は俺の部屋。そしてお前は、あくまでも俺の客人だからな」

「いい。あたしも少しは体を動かしたいの。だから、家事はあたしが担当する」

「……そうか」

これまで悲惨な目に遭っていた分、体を動かすことは彼女のストレス軽減やトラウマ解消のきっかけになるかもしれない。

そう思ったら、林の申し出を受け入れようという判断はすぐに出来た。

「……あ」

しかし、俺はすぐに思い直した。

「林、正直ありがたい話だと思ったんだ。お前がこの部屋の家事を買って出てくれたことは。ほら、洗濯とかって、大学とアルバイトで部屋を空けている時間が多い身だと、どうしてもまとめてやるしかないだろ？　だから、とても助かるんだ。だけど、一つ譲れないものがある。絶対にそれだけは、俺がやる」

「何？」

「掃除だ」

「……触られたら嫌なものがあるとか？」

「違う」

「じゃあ、掃除の仕方にコツがいるものがあるとか？」

「それも違う」

「じゃあ、なんで?」

「掃除は俺の趣味であり、生きがいだからだ」

「あー、あんたがバカってことね?」

「そう。その通り。いやあ、話が早くて助かるぜ」

林は呆れ返っていた。

そんな林を余所《よそ》に俺は、何とか俺の趣味を死守出来たことに満足し、そうして林の話を思い出した。

「話が逸《そ》れたな」

俺は呟《つぶや》き、続けた。

「それで? お前の相談事って何なんだ?」

「……あー、忘れてた」

「忘れるなよ」

「……うーん」

林は、自らするつもりだった話にもかかわらず、暗い顔をしていた。

わずかに聞きたくないと思う気持ちが芽生えたが、相談に乗ると言った以上、無下《むげ》にすることは出来ない。

林は、一瞬逡巡《しゅんじゅん》したようだった。しかしすぐに、意を決したように立ち上がり、部屋の隅に行き、いつの間にか隠していた一冊のフリーペーパーを俺に手渡した。

それは……所謂、求人誌。

俺は少し、林の神経を疑った。

「あたし、アルバイトを始めたいんだけど」

俺は恐らく、傍《はた》から見てもわかるくらい微妙な顔をして唸《うな》った。林の相談事に対して、どんな返事をするのが正解か。

さっきも、そして昨日も思ったように、俺のすることはあくまでアドバイス。そのアドバイスを聞き、最終判断を下すのは林自身だ。

しかし、そんな立場だからって、適当に返事をするのは当然違う。彼女と同じくらい、いや彼女以上に、彼女の現状を客観視し、彼女がどうするべきか。俺ならどうするか。それを考えた上で答えを導き出さないといけない。

それが俺の、誠意、というものだ。

……とはいえ、正直に言って、俺の中の答えは決まっている。

林の現状。

そして、林と話す度に判明する彼女の元恋人の異常性。

導かれる答えは、たった一つだった。

「アルバイトをするのはいいことだと思う」

「……うん」

「だけど、それは今じゃないと思う」

ハラスメント気質な林の元恋人が、血眼《ちまなこ》になって林を探している。自分から言ったことだったが、正直最初はそんなことはないだろう、とも思っていたのだ。しかし、今では何だかそれが合っているような気がしてならなかった。

やはり林は、ほとぼりが冷めるまでは外出さえ控えて、その元恋人との鉢合わせを防ぐべきだと俺は思う。

「まー、そう言うよね……」

直前の会話で察していたのか、林は渋い顔で言った。

「……どうしてもアルバイトをしないとまずいのか？　借金でもあるのか？」

「そ、そんなのあるわけないじゃん」

「なら、何故？」

「お金を稼げないのなら、あたしはあんたの負担にしかならないじゃん」

……まさか、ここで俺を引き合いに出してくるとは思っておらず、俺は目を丸くした。そんなことを林が考えていたとは。想像さえしていなかった。

「あんたはまだ大学生で、懐《ふところ》具合だって豊かじゃない。そりゃあ、あたしがいるのはほとぼりが冷めるまでの数ヶ月だろうけど。でも、数ヶ月もあればあんたの貯蓄だって食いつぶしてしまうと思うの」

「金なら心配するな。……と、言えないことは事実だ。最終的には貸した金は返してくれ、と言わざるを得ないだろうな」

「お金を返すのは当たり前。そんなの大前提に決まってるじゃん」

意外と、金に関するところはしっかりしているんだな。

「……あんたの負担を減らすため。あんたに迷惑をかけないため、あたしはバイトを始めたい」

……負担を減らす。

……迷惑をかけない。

今の林の気持ちはよくわかった。匿った俺に対して、迷惑をかけたくない。そんな考えでリスクを犯す危うい奴だってことも、よく理解した。

「何かあってからじゃ、遅いんだぞ？」

しかし、やはり俺の答えは変わらない。

金なんかのために、人一人を危険に晒す行為を容認するほど、俺って人間は腐っちゃいないってことだ。

しかし、林は俺が予想もしていなかった返答をしてきた。

「仕方ないよ」

諦《あきら》めるように、林は囁《ささや》いた。

「……仕方ない？」

「そうだよ。仕方ない。……仕方ないんだよ」

林は真剣な眼差《まなざ》しを俺に向けた。

「今のあたしにはそれしか出来ない。その結果、あいつに見つかっても……。仕方ないよ」

一体、何が仕方ない？

今の林の発言はつまり、俺のために自分はアルバイトをする必要がある。今の林は外出することに関するリスクは当然あるが、仮に考えうる最悪の事態に林が陥《おちい》っても、林当人からしたらそれは仕方のないこと。諦められること、というわけだ。

正直、理解に苦しむ。

今の林の状況で、リスク回避をする手段はあまりにも単純明快だ。ただ、林自身のほとぼりが冷めるまでこの部屋にいる。それだけでいい。

林だってそれはわかっているはずだ。

真っ先に考えつくはずだ。そんな簡単なことは。

その上で、アルバイトをしたい。見つかっても仕方ない。そんな発想は、俺からしたらまるでありえないものだった。

仕方ない、というのは未然に防ぎようがない不運に対して使う言葉だ。今の林のそれは、ただの諦めに過ぎない。自棄《やけ》になった末に走った自傷行為に他ならないのだ。

今更気づいた。

……ドメスティック・バイオレンスの被害に遭い、暴力ばかりか、モラハラやパワハラの被害も受け、林の尊厳はひどく傷つけられたらしい。

そうでなくてはあの林が、こんな弱々しい発言を繰り返すはずがない。

そうでなくてはあの勝気な女王様が、こんなにも情けない姿を平民に晒すはずがない。

内心に、憤りのようなやるせない感情が湧いてきた。

俺たちが高校を卒業してたった四ヶ月。

俺たちが大学へ進学してたった三ヶ月。

林と彼女の元恋人が出会ったのはもっと最近。

二人が同棲を始めたのは、もっともっと最近。

それだけの短期間。

たった、それだけしか過ぎてないのに……。

こいつは一体、どれだけのことを元恋人にされてきたというのだ。

高校時代のこいつのことはあまり好きではなかった。

消しゴムを拾ってやれば舌打ちされるし、こいつの取り巻きのせいで休み時間もおちおち休めないし。

……本当、踏んだり蹴ったりだった。

しかし、そんな彼女のことを。俺にはない感性を持つ彼女のことを、俺は心のどこかで認めていたのかもしれない。

だからこそ、これまで彼女のされてきた仕打ちに。彼女をないがしろにした元恋人に、憤ってしまっているのかもしれない。

……俺がすることは、あくまでただのアドバイスだ。

有益な助言を彼女に与えても、最終的な判断を下すのは、彼女自身ではなくてはならない。

ただ、彼女が最終的な判断をするために。正しいと思う決断をするために。後悔しなくて済むために。

……最善を尽くすことが、俺の誠意。

だったら……。

俺は俯く林を余所にスマホをいじった。

「林」

「何？」

「これを見ろ」

開いたのは、銀行のアプリ。パスワードを打ち込み、林に突きつけたのは俺の口座残高。

林は、驚いた顔をしていた。まさか、いきなりこんなものを俺から見せつけられるとは思っていなかった。そんな顔だ。

「口座の中には百五十万入ってる。高校の時からアルバイトに励んでせっせと金を貯めていてな。俺は物欲も乏《とぼ》しいから、こうなった」

林は未だに呆気に取られていて、言葉を発しない。

そんな林を放って、今度は家計簿アプリを開いて林に示した。今月の支出は、光熱費、ネット代、水道代、ガス代、あとはほぼ食費で構成されている。家賃は実家の親に負担してもらっている。

そして、収入は奨学金とアルバイト代。

「奨学金を収入扱いするのもどうかと思うが、貯金は毎月増やせている。この項目の中で、お前がこの家にいることで大幅に負担額が増えるのは食費くらいだ。初期費用はいくらかかかるだろうが、それくらいなら年単位だってお前を匿うことが出来る。将来的に返してくれるのならお前一人を匿うくらい、造作もない話ってことだ」

「……で、でもそれはあんたが稼いだお金じゃん。あんたが使うお金じゃん」

「そうだ。これは俺が使う金だ。だから俺は、お前にこれを使うって言ってるんだ」

「……そんなことする必要、あんたにないじゃない」

「林、話を逸らすな」

林は唇を噛み締めて、俺を睨んでいた。

「お前がアルバイトをしようと思った理由は、俺の懐事情を不安視して、だったな。そして俺は、そんなお前の危惧《きぐ》を杞憂《きゆう》だと証明した。だったら、お前の不安は解消されて、お前がアルバイトをする必要性はないことが示されたわけじゃないか。これ以上、俺たちは何を語る必要がある」

「……ある。あるよ。だって、だって……っ。あんたがあたしのためにお金を使う理由がないじゃん」

「それはお前が考える必要はない」

「あるよ」

「ない」

「ある！」

「ない！」

「……だったら、あんたの中であたしのためにお金を使う理由はあるって言うの？」

「ああ、ある」

「嘘」

「嘘じゃない」

「嘘よ！」

室内に林の癇癪声《かんしゃくごえ》が響いた。

「嘘よ……。だって、今のあたしには何もないじゃない。匿うメリットも、これから巻き込まれるかもしれないやっかい事を考えても、あんたがあたしを匿う理由、ないじゃない。……そうよ。今のあたしには、何もないの」

まあ、薄々わかっていた。

林がアルバイトを始めたいと躍起《やっき》になって、俺との約束を破ってまで外出するという暴走ともいえる行為に出たのが、俺のためだというのは、正直最初から疑問視していた。

そりゃあ、確かに林も、俺に対して、匿ってもらった恩義を感じているだろう。

でもそれは、本当の理由ではないのではないか？

なら、どうして俺のためではないと思うのか。

それは無論、俺とあいつの、高校時代の関係を鑑《かんが》みてのことだった。

多分、この考えは合っているのだろう。

ＤＶをするような彼氏と何ヶ月か同棲をし、林は心身ともに疲弊《ひへい》してしまったのだ。そうして、暴虐の限りを尽くすその恋人のせいで、高校時代あれほど勝気だった女王様の尊厳は破壊されてしまった。

だからこそ今の林は、その尊厳を回復するため、リスクを犯してでもアルバイトをしようと思い至った。そんな危うい考えでの発想だったから、元恋人への対処法もないがしろで、行動も行き当たりばったりだったんだ。

「あるぞ。俺がお前を匿うメリット」

そんな林に向けて、俺は再度言葉を放った。

「嘘よ」

「だから、嘘じゃない」

「……じゃあ、何でよ」

「だってお前、家事、やってくれるんだろ？」

林は黙りこくってしまった。

「まあ、家事をすること自体は特別嫌いではないんだ。ただ、さっきも話したけれど、学業とアルバイトの両立だと部屋を空けないといけないことが多くて、そういう時は絶対家事が滞《とどこお》るんだ。それが精神衛生上よくないと、たった数ヶ月の間に何度思ったことか。そんな家事を、お前がやってくれるって言っているんだ。俺からしたら、こんなにありがたい話はない」

「……それだけのことで？」

「それだけのこと？　バカ言え」

俺は語気を強めた。

「お前もよく知っているだろうが、俺は細かい男だ。テレビの上に少しでも埃《ほこり》が溜まっていれば部屋中掃除するし、洗濯機にちょっとでも水垢《みずあか》を見つければなくなるまで徹底的に洗濯槽の掃除をする。にもかかわらず、平日の日中には大学にも行かないといけない。バイトもある。

つまり時間がいくらあっても足りないんだ。そりゃあ、掃除以外の家事を少しでもお前がやってくれるというのなら、お金を貸してやることだってわけないさ」

林を匿うことが正しいのか、誤りなのか。

正直に言えば、俺にはまだその答えが出せていない。でも、この一日と少しだけで、彼女を家に匿って良かった、と既《すで》に少し思っているところだってある。

「ハンバーグ、美味かったぞ。……うん」

さっき振る舞ってくれた林のハンバーグ。

高校時代の文化祭、こいつの調理の手際の悪さは忘れられない。

だけど、彼女は一つの苦手を克服し、俺のために手料理を振る舞ってくれた。簡単な料理ばかりで済ます、食に関しては無頓着《むとんちゃく》な俺では、一生作る気にならなかったメニューだろう。そんな料理を、林はわざわざ振る舞ってくれたのだ。

「これで、俺がお前に金を貸す理由も、匿う理由もはっきりしたな」

「……何よ、それ」

一瞬、林が苦笑したのがわかった。

「本当にいいの？」

「ああ、しばらくはな」

「……でも、迷惑をかけるかもしれない」

「お前、バカか？　共同生活ってのは、そういうもんだろ。互いに迷惑を掛け合う。それが一緒に生活をするってことだ。一緒に暮らして、許容し合わないと。それができなきゃ真っ当な生活とは言えないさ」

「……許容し合わないと、か」

しみじみと、林が呟いた。

「きっと、それがあたしたちにはなかったんだろうね」

あたしたち。

多分、林と元恋人のことだろう。

まあ、そうだろう。少なくとも、林から聞く彼女の元恋人には、林を許容する気なんて一切なかったことがわかる。むしろ、一方的に林に抑圧しようって魂胆《こんたん》さえ見え透いている。

林の言う通り、とても健全な共同生活だったとは思えない。

「ねえ、山本？」

「ん？」

「……悪いね」

「謝罪の言葉なんて、俺は求めていないが？」

悪いね。

林は、俺にそう謝罪をした。

しかし結局のところ……林の導き出した答えは、どっちなのだろう。

まだアルバイトを始めようと思っているのか。

リスク回避のため、アルバイトはやめておくことにしたのか。

俺は、謝罪の言葉よりも結果が聞きたかった。どっちにするのか。林の最終判断を聞きたかった。

それにしては突き放すような言い方になったのは、俺が斜に構えた性格だからに他ならない。

「……アルバイトするのはやめておくよ」

「そうしておけ」

林は気づかなかっただろうが、俺はホッと胸を撫で下ろしていた。ひとまず、これで林が元恋人に見つかるリスクも減らせただろう。こうなれば、林の元恋人が林の居場所を突き止める手段はほぼなくなったと言っても差し支えない。

「まあ、しばらくはこの家でゆっくり英気を養えよ」

「うん。そうする」

「時には休息も必要だ。ちょうどいい機会じゃないか」

「……ねえ、山本？」

「あん？」

「あんたさ、さっき言ったよね。あたしがこの家にいることで負担が増えるのは、ほぼ食費くらいだって」

「ああ、言ったな。そんなこと」

「……あんた、今お昼はどうしているの？」

「どうって、学食だけど」

「そっか」

林は、何かを決心するように小さくため息を吐いた。

「ねえ山本、提案があるんだけど」

「なんだ？」

「お昼、お弁当作ってあげるよ」

「は？」

林は返事を寄越さない。髪を指でいじりながら、決まり悪そうに俯いていた。

「……なんで？」

「食費を抑えるため。お昼、あたしは家で食べないといけないけど、それだけのために食材用意するのももったいないじゃん。だから、二人分のお弁当作るよ」

なるほど。確かにそれは、お財布に優しそうだ。俺もそれなりに貯蓄があるとはいえ、お金を無駄にしたいわけではなかったから、林の提案はありがたいものだった。

「わかった。そうしてくれるか？」

「うん。……それで、さ」

「ん？」

「あんたの好きなもの、教えてほしいんだけど……」

頬を染めて伏し目がちに、林は尋ねてきた。

いつもの林らしくない態度に、俺は一瞬ドキリとした。

第四章　献身的な女王様

CHAPTER 4

林恵《はやしめぐみ》を匿《かくま》って三日目。いつも通りの時間に、俺は目を覚ました。昨日まではベッドを林に譲ったせいで床でのゴロ寝を強《し》いられていたが、今日からは昨日買ってきた布団で寝ることが出来た。そのおかげか、二日間苦しめられた寝起きの体の痛みが今日はなかった。

清々《すがすが》しい朝だ。体の痛みがないおかげで、いつもよりも気分よく、それこそ快晴の昼下がりを散歩している時くらいの気持ちで、俺は立ち上がった。

しかし窓の外は土砂降りだった。雨の音を聞きながら、少し興《きょう》を削《そ》がれた俺だったが、ひとまずいつも通り掃除をしてしまおうと思い至った。

昨日は、早朝に出掛けて、帰宅後も林といろいろ話したおかげで掃除をすることが出来なかった。そのせいか、心なしか室内が汚くなった気がする。

ただ、掃除をしようと思い立ったは良いものの、まだ林が寝ている状況下ではあまり音の立つ掃除をすることは出来ない。時刻は早朝四時半。俺が起きるのが早いだけであって、寝ているのは当たり前の時間だ。音を立てて起こしてしまうのは忍びない。

なるべく音を立てずに出来る掃除は何か。そうだ。風呂場の掃除をしよう。

シャワーを流す時に音は出るが、密閉された風呂場であれば部屋まで雑音が響くのをそれなりに抑制出来そうだ。

まずは布団を畳み、端へ追いやっていた折り畳み式のテーブルを部屋の中心に静かに移動した。

そして、俺は風呂場へ。

早速掃除を始めた。まず取り掛かったのは、窓ガラスの水垢《みずあか》取り。先週掃除をして以降、手をつけていなかった場所だ。

そんな調子で掃除を続けること小一時間、脱衣所に眠そうな顔の林がやってきた。昨日起きてきた時と同様、林は両手でグリグリと目をこすっていた。

「……あー。おはよー」

警戒心のまるでない大あくびをしながら、林は言った。

どうやら顔を洗いに来たようだ。

「おはよう」

「……昨日も思ったけど、あんた起きるの早いねぇ」

まだ眠いのか、気《け》だるげな声で林は言ってきた。半目の状態の林の顔は、いつもの整った顔と異なり、少し不細工だった。それでも、寝起きの顔なんて皆もっと不細工だろうに、これだけ整っているあたり、こいつは本当に美形なんだな、とぼんやりと思った。

引き続き風呂場の掃除をしていると、洗面台から、水を流す音が聞こえてきた。顔を洗う音。歯を磨く音。うがいをする音。

「あんた、いつもこんな時間に起きているの？」

意識が覚醒したらしい林は、さっきよりもはっきりとした声で言ってきた。

「おう。そうだな」

「昨日もだけど、朝早いんだね」

「お前、さっき言ったぞ、それ」

「そうだっけ?」

なるほど。寝ぼけてたから覚えてないんだな。

「朝早いほうが、得した気分になるだろう?」

「まあわかるけど、大学生なんて講義に遅刻しないギリギリの時間に起きるのも普通なのにね。そういえば、高校時代もあんた、登校するの早かったよね」

「まあ、そうだな」

確かに、林の言う通りだ。

ウチの高校はサッカー部がそれなりに強く、強豪故《ゆえ》に朝練を盛んに行っていた。そんなサッカー部が練習を開始するより早く、俺は教室に入っていた。

まあ、別に早く登校することは自慢にはならないし、それを敢《あ》えて自慢げに話したり、ひけらかしたり、得意そうになったりすることはない。他人に聞かれて、初めて語る程度のそんな話だ。

「あんた、本当に変わり者だね」

「早起き程度でそんなこと言われるの?」

「ただ早起きを心がけているだけなら普通だけど、あんたのそれは細かすぎるこだわりの一つじゃない」

だから、俺が変わり者だと……？

まあ、変わり者であることは認めるけども、それは少し早計では？

「そういうお前だって起きるの早いじゃないか」

「……まあ、ね。同棲してからは、一層起きるのは早くなったかな」

「う……」

同棲の話が出た途端、林は暗い顔をしてしまった。そのせいで、俺は顔をしかめた。なんとなく、今のこの声音、態度だけで林の悲惨な過去が垣間《かいま》見えて仕方がない。

「ごめん。別に不幸自慢したかったわけじゃないの」

「別に……」

まあ、少し気まずいと思っただけだし、林が特別謝る必要はない。

ただ、林の地雷がどこにあるか。全然わからんな。これからはもう少し慎重に話題を選ばないといけなさそうだ。

「そろそろご飯作るよ。お弁当も」

「ああ、ありがとう」

「何時くらいに家を出るの？」

「そうだな。六時くらいか」

「そうなの？」

「ああ」

「そっか。じゃあ、昨日は相当、早く家出たんだ」

「……そうなるな」

「何か用事あったの？」

……ここで、お前を起こさないように早く家を出たと言ったら、こいつはまた要《い》らぬ気を回すだろうか。いやそうならずとも、再会してからのこいつのメンタルは非常に繊細。余計なことは言わないほうがいいだろう。

随分《ずいぶん》と無邪気な顔でこっちを見る林から、俺は顔を逸《そ》らした。

「ちょっとな。大学で講義の予習をしときたかったんだ」

「へえ、真面目《まじめ》だね」

「まあな。高校時代から俺、優等生だったろう？」

「学業に関してはね」

林は笑っていた。

なんだか、学業以外は優等生ではなかったみたいな言い様だな。

「……本当、変わり者だね、あんた」

林は納得したのか、脱衣所から出ていった。キッチンへ行ったらしい。

冷蔵庫にある食材を使い、林は手軽な調理を始めた。

「あんたは向こうで待ってなよ」

「そうする」

リビングに向かいながら、ぼんやりとこの家に入居出来て良かったと俺は思っていた。築四十年で駅からは徒歩二十分、最寄《もよ》りのコンビニも徒歩十分と不便な面もあるにはあるが、風呂トイレは別だし、単身者向けアパートながら最低限の設備も備わっている。多分、この部屋よりも狭い部屋で、大人二人で生活していたら、もっとフラストレーションを溜めていたかもしれない。林が。

俺はテレビを点《つ》けてニュース番組でも見て、時間を潰《つぶ》すことにした。ただ、この時間のニュース番組は正直あまり好きではない。大衆向けに構成されているからか、ニュース番組にもかかわらずポップな印象が拭《ぬぐ》いきれないのだ。

報道室でアナウンサーが淡々と今日あったトピックスを伝えるようなニュース番組が、俺は好きだ。

別に、あそこのお菓子屋が美味《おい》しいだとか、実際にそこを訪ねたタレントのリアクションを眺めるだとか、そういうのを楽しむ趣味はない。

キッチンから、コンロの火を消す音が聞こえて、俺は立ち上がった。

「何？」

　こちらに気づいた林は、訝《いぶか》しげな顔をしていた。

「料理運ぶ」

「……え、なんで」

「なんでって……。ここは俺の部屋で、お前は客人だからだ」

　昨日から一貫した姿勢の上での行動だ。

「いやいいから。これくらい一人で出来るし」

　しかし、林は余計顔を歪《ゆが》める始末だった。

「無理するなよ」

「無理なんてしてないでしょ、どう考えても」

「それはわからんだろ」

「……はー、メンドクサ。黙ってそこに座ってろ」

「……わかった」

　なんでこれくらいのことで不機嫌になる？　さっきまで和《なご》やかだったのに、地雷が全然わからないんだけど。

　そう内心で思いながら、俺は腰を下ろした。

　炊飯器からご飯をよそい、お盆に載《の》せて、林は料理を運んできた。

「ご飯食べる時は、テレビ消しなよ」

　正座で小さなテーブルの前に、俺と対面《トイメン》になるように座った林に言われた。

　俺はテレビを消した。

「頂きます」

「いただきます」

　手を合わせて、俺たちはご飯を食べ始めた。

「……お前さ」

「何」

「おかんみたいなところあるよな」

「いや、意味わかんないから」

　お節介で、行儀作法を重んじて、自分が正しいと思ったことは相手にも要求して。

　林は意味がわからないと言ったが、俺にはもう、今の林がおかんのようなちょっと煩《わずら》わしい存在に思えて仕方がなかった。まあ、煩わしいとは思っても、当然顔を見たこともないどっかの誰かのように女性に手を上げるような真似はしないのだが。

「早く食べて学校行かないと、遅刻するよ」

「おかんか」

「ほら、お碗の中にご飯粒残してる。ちゃんと全部食べないと」

「だからおかんか」

不毛な問答を続けながら、朝食の時間は過ぎていった。

ご飯を食べ終えて、林が洗い物をしてくれている間に、俺は大学へ行く準備を始めた。

鞄にテキストを詰めて、顔を洗って、歯を磨いて。

そうして、部屋に戻って……。

「なあ」

「ん？」

食器を洗いながら、林はこっちも見ずに返事をした。

「着替えたいから、少し脱衣所に行っててくれないか？」

俺からの申し出に、林は返事をくれなかった。洗い物が終わったタイミングで、蛇口を締めて、林はこっちを見た。呆《あき》れ顔だった。

「別に、そこで着替えればいいじゃん」

呆れ顔の林に言われると、少しイラっとくる。

そっちが、俺のパンツ一丁の姿なんかを見たくないだろうからこんな提案をしているというのに。こっちの気遣《きづか》いなんて一切不要だってか。

まあこいつ、元は同棲するまでに至った相手がいたんだもんな。男の裸なんて見慣れているってことか。

「じゃあ、俺が脱衣所に行く」

よく考えれば、初めからそうすればよかったんだと俺は気づいた。着替えを持って林の脇を通り抜け、脱衣所に入った。すれ違いざまの林は、相変わらず呆れている様子だった。

どうやら本当に、俺の気遣いに対して呆れているようだ。いや、もしかしたら俺がそんなことで羞恥《しゅうち》を感じるのか、と誤解をした上で呆れているのかも。

どっちにせよ、あの顔腹が立つ。

脱衣所には当然林の視線はない。ないのだが、俺は手早く着替えを済ませた。

脱いだ寝巻きは、寝汗もそこそこかいていたから、洗濯機の中に突っ込むことにした。

そして、洗濯機の蓋《ふた》を開けた俺は、すぐに目を逸らすことになる。

……そうか。

あいつをこの家に匿う。そう決めた時点で気づくべきだった。

今、洗濯機の中には二人分の衣類が押し込められていた。

一つは、家主でもある俺の衣類。

そして、もう一つは、林の……女性物の衣類だった。昨晩は、家主が先に風呂に入るべき、という昔気質《むかしかたぎ》じみた固定観念を持つ林が言い張ったせいで先に風呂に入ったから、気づくことはなかった。

だからこそ油断もしたのだ。

だ。

洗濯機の中、俺の衣類の真上に置かれた林の衣類。

シャツ。そして、下着。

洗濯機の蓋を閉める手に力が入った。こんな姿、林に見られたら、一生いろいろ言われそう
ああくそっ。

今見た光景も忘れねば。今見た……視界の端に捉《とら》えた白と水色のボーダー柄の下着のことも。

あの質素な下着が、脳裏にこびりついて離れない。その下着は、先日林と一緒に買いに行ったものだというのに。一度あいつが身に纏《まと》ったと考えると、変な気持ちになってしまう。

「お弁当出来たよ」

「ぎゃあっ！」

デリカシーなく、無遠慮に、林は脱衣所の扉を開けた。

思わず大きな声が出てしまった。

そんな俺を見て、林は怪訝《けげん》な顔をこちらに向けていた。

「……そうか。ありがとう」

平静を装《よそお》って、俺は林にお礼を言った。

「……何してたの？」

林の眼光が一瞬鋭くなった気がした。

「だったらなんで悲鳴なんて上げるの？」

「そりゃあ、着替えるって言ってたのに、お前が突然扉を開けたからな。こんな反応にもなる」

「着替えだ」

「ウブ」

「黙れ」

途端、林はにんまりと微笑んだ。何だか、とても満足そうな顔だ。

「そっか。あんたは嫌なんだ。あたしに裸見られるの」

挑発的な物言いだった。

「悪いか」

「別に？　ただ、あたしはあんたに裸見せることなんて、全然大丈夫だけどね」

「何の張り合いしてんだ？」

ふふんっ、と何故《なぜ》か林は勝ち誇っている。

いや本当、こいつは今、何の張り合いをしているっていうんだ？　そんなに俺相手にマウントを取れて嬉しいのか？

嬉しいよなあ。だって俺、生意気だし。ここまで散々論破《ろんぱ》もしてきたし、積もり積もった鬱《うっ》憤《ぷん》があったんだろう。

「お弁当ありがとう。そろそろ学校行くよ」

本当は、俺とお前の衣類、一緒に洗濯するのか、だとか何の気なしを装って指摘しようと思っていたが、その気も失《う》せた。

俺は林に対して、目で脱衣所を出るように促《うなが》して、キッチンで彼女からお弁当を受け取った。

「入れておいたから。あんたの好きなきんぴらごぼう」

「おう。ありがとう」

部屋に置いてあった鞄を取りに行き、弁当箱を収めて、俺は玄関に向かった。

靴を履《は》いていると、わざわざ林が玄関まで見送りに出てくれた。

「気をつけてね」

「おう」

靴を履きながら応《こた》えて、思い出した。

「今日、アルバイトの日だから、帰るの遅くなる」

「わかった」

俺は立ち上がった。

「……ふう」

「何のため息?」

何の気なしに漏《も》らしたため息に、林が反応してきた。

「え？　……ああ、いや。ただバイト面倒くさいな、と思っただけだ」

「あー、わかるー」

「わかるのか」

「そりゃあね。あたしだって前はバイトしていたし。でも、意外」

「何が？」

「あんたから面倒くさいという言葉が出てくるのが」

それの何が意外なのか？

「あんた、こだわり強いし我《が》も強いし、何事にも真剣に取り組むと思っていたから」

「面倒だとは思っても、真剣に取り組まないとは言ってない」

「確かに」

「……まあ、アルバイトをして得られる対価は、安い給料だからな。そりゃあ、時には面倒だとも思うさ」

「……あんた将来、絶対に昇進に執着するサラリーマンになるでしょ」

そうかもしれない。

「……ふふっ」

林は穏やかに笑った。

「何がおかしい？」

「アルバイトは得られる対価が小さいから消極的なのに、あたしを手助けするのには積極的なんだね」

「当たり前だろ。お前の料理、美味《うま》いし」

「……そ」

しみじみとした顔で、林は俯《うつむ》いてしまった。

俺は踵《きびす》を返した。

「じゃあ、いってくる」

「いってらっしゃい」

早朝降っていた雨は、すっかり止《や》んでいた。ただ、高気温のせいもありジメッとした不快感が肌に纏わりついた。

今日も暑くなりそうだ、なんて思いながら、俺はアパートを後にした。

◇◇◇

……大学に着くまでの間、俺はボーっとスマホで動画を見ながら、考え事をしていた。

考え事は当然、今家に匿っている少女に関すること。

彼女を匿って三日目。総括すると、状況は芳《かんば》しくないと個人的には思っている。何故なら、結局俺がしたことは、彼女の暴走を説得して未然に防いだだけだから。結局それは、林の身に降りかかるリスクを減らせただけで、直接的に問題を解決させる手立てには繋がっていない。

直接的な問題の解決手段は、今俺の考えている中で大きく分けて二つある。

一つは、時間的な解決。物事は、時間が経《た》てばどうにかなることも多分にある。何度か言葉にして林にも伝えているが、ほとぼりが冷めるまで待つ。それが一つ目の解決策だ。

この解決策のメリットは、時間が経つまでの間放っておけばいいだけだから、精神的な負担が少ないところにあると俺的には思っている。問題を抱《かか》えた人、というのは、その問題を認識した途端、気持ちが弱くなる傾向がある。他人事なら押しつけがましく平気で当人の気が進まないことを助言出来るにもかかわらず、自分のことになると二の足を踏むという経験をした人は少なくないはずだ。

そんな相手には、この問題の解決法はうってつけに違いない。

そして、今の林は随分と心をやられているようだし、無意識のうちにこのやり方で問題を解決させようとしていることは見ていればわかる。

しかし、このやり方には当然、その心理的負担の少なさに対して相応のデメリットも存在する。

それは、問題解決を放っておいて、ほとぼりが冷めるのを待とうとしたことで、却《かえ》って状況が悪化する場合がある、ということだ。

問題の解決を先送りにして、どうすることも出来なくなって後の祭りになる。それもまた、誰もが経験したことがある失敗例の一つだろう。

そして、正直俺は、今の林の問題が、時間を置くことで解決することだとは思えなくなってきている。むしろ、時間が経てば経つほど……状況は悪化の一途を辿《たど》るかもしれない。

容易に想像出来る。

例えば、ある程度時間を置いた上で、林と元恋人が再会を果たした場合。

そうなれば林は、すぐに再会を果たした場合以上に元恋人から激しい逆恨みを買うだろう。

そうして仮にその恋人のもとに林が連れ戻されたら、一層強い束縛と暴力が彼女を襲うに違いない。

そして、時間が経てば経つほどまずい事態になることはもう一つある。

それは、時間が経てば経つほど、被害届を出しても、警察の協力を得づらくなるかもしれないってことだ。

俺が思う、現状の林の問題解決の二つの策。

もう一つは、以前林に提案した、警察を介入させ事件化することでの解決だった。

しかし、この二つ目の策は、時間が経てば経つほど、林にとって難しい策になるに違いない。

もし、時間が経ってから被害届を出したとしても、警察はこう思うだろう。

え、被害に遭《あ》ったのは数ヶ月前？

どうして今まで、ここに来なかったんですか？

……と。

早急《さっきゅう》に事を運ばないことで、後からいくら行動を起こしたとしても、相手の中での危機感を下げる要因にしかなりえない。そうなると、結果的に損をするのは林自身なのだ。

だからこそ俺は、早いうちに林に対し、元恋人を警察に告発するよう提案をしたのだ。そうすることが結局、林の今の問題を解決させる。今の不安定な精神を和《やわ》らげる、最短の解決策だと確信していたから。

……まあ、結果は失敗に終わったが。

そうなった責任は、端《はな》から恋人を告発する気のなかった林にあるが、俺にだってないわけではない。林に元恋人への被害届を出させるよう説得した際の俺は、まだ林に対して、彼女がどうなろうが構わない、と内心で思っている節《ふし》があった。だからこそ、エネルギーを使ってまで口論をするくらいなら、彼女の考えを尊重しようと思い、彼女の意を汲《く》んだのだ。

しかし昨晩、俺は気づいてしまったんだ。

林が最終的な判断をするために、正しいと思う決断をするために、最善を尽くすことが俺の誠意。

俺には、林に誠意を尽くす理由がある。

俺には、林に恩がある。

掃除以外の家事を、やってもらう恩があるのだ。

……それに。

出来ればもう一度くらい、あいつの振る舞ってくれるハンバーグを食べておきたいという気持ちも芽生えていた。

……だから、何とかして林に、元恋人を告発するように背中を押さねばいけない。

それが、一晩考えた末、真っ直ぐ、現状を見据えた上で俺が導いた答えだった。

「しかし弱った」

俺は一度、林に対して、警察沙汰《ざた》にしないことを容認した過去がある。

林に、被害届の件をもう一度考えてみてくれ、と言うのは簡単だが……果たして、一度それを容認した俺からその話をされたとして、林はそれに応じるだろうか。

こうは思わないだろうか。

今更、どうして態度を翻《ひるがえ》すんだ、と。

そうなればきっと、林の中から論理的思考は消え失せて、彼女は感情的に……強い反発を俺に示すに違いない。

林に元恋人を告発させるために、今の俺が出来ること。

俺の口からはもう被害届の件はしばらく提案出来ない。

だったら、俺以外の誰かから、林の背中を押してもらう。取り急ぎ実行に移せる手段はそれしかない。

……実を言うと、当てはある。それも、恐らく俺なんかよりもよっぽど林からの信頼も厚いような、そんな当てだ。

◇◇◇

物思いに耽《ふけ》っている間に、大学に到着した俺は、C棟へと足を運んだ。今日の一限目は、選択科目のフランス語。俺の所属する工学科だけではなく、他の科の学生も受講する講義である。男が多く女が少ない工学科の学生は、こういう選択科目の講義を結構受けることが多い。女子との出会いを求めてのことだそうだ。

勿論《もちろん》俺は、真面目に講義を受けるため、この単位を選択している。しかし、今日に限っては俺も一人の女学生と話せないかと目論《もくろ》み、講義室にやってきた。

その彼女の名前は、笠原灯里《かさはらあかり》。

俺や林と同じ高校に通っていた元同級生。しかも、俺と林とは、二年と三年で同じクラスだった。とりわけ彼女は、林と一緒にいる時間の多い女子だった。

実は俺と笠原は、同じ大学へ進学している。そして、俺たちはフランス語の講義を共に受講していた。

林の元恋人と笠原に繋がりがないかを確認するなど、段階を踏む必要はあるだろうが、俺なんかよりも林を説得させるとしたら適任者であることは明白だ。

……しかし、気まずい。

別に面白みのない話だから多くは語らないが……林と俺との関係にいろいろあったように、俺と笠原の間にもまた、高校時代に何かとあったのだ。

同じ大学へ進学したにもかかわらず、今日まで、俺たちがこのキャンパス内で会話をした回数は実にゼロ回。別に、この講義以外では一度も彼女の姿を見なかった、というわけではない。正直、昼休みの時とか、彼女の姿を目にした機会はそれなりにある。

それでも、俺は特別、笠原に声をかけようと思ったことがなかった。今日まで笠原からも声をかけられたことがないあたり、向こうも俺と同じ気持ちだったのだろう。

そんな俺たちが、いくら彼女の親友相手の話題とはいえ、また会話をするとなると……まあ、気まずい。

それだけじゃない。

林のそばにいた笠原は、高校時代からカースト上位のグループに属し、とても明るく、他クラスの生徒からも好意を寄せられるような人気者だった。むしろ、男子人気は気の強い林よりも高いくらいだった。そして、そんな人気者気質は、大学になっても変わっていない。

つまるところ、彼女の周りにはいつも、誰かしら人がいる。

実を言うと、大層意外だろうが。思わず、面食らってしまうだろうが……。

こう見えて、俺はトラブルメーカーだ。

女子を泣かした回数は数知れず。男子から罵声《ばせい》を浴びた回数も数知れず。視線が合っただけで喧嘩になったことだってある。

つまり、穏便に笠原と話をする機会を作れる気がしないのだ。

今もほら、講義が始まるまでの時間、笠原は林のような……気の強そうな女学生に交じって、談笑をしている。

……ふう。

これは無理だ。次の作戦を考えよう。

フランス語の授業は、あっさりと終了し、結局俺は笠原と話す機会を得ることは出来なかった。

問題解決のため、時間はかけていられない。それはわかっているのだが、なかなか現状を打開させられるような革新的なアイディアは浮かんでこない。

そして、そういう時ほど、無情に、スピーディーに、時間は過ぎていく。

お昼休み、林の作ってくれた弁当を食べた。林お手製の弁当は二段構成。

上段は白米。下段はおかず類。俺が頼んだきんぴらごぼうをはじめ庶民的なおかずが入っている中、異彩を放っていたのはたこさんウインナー。

あの女王様が、わざわざウインナーに切れ込みを入れて、たこさんにしたのかと思うと……少しおかしい。

ただ、味は普通に美味い。

……なんて思っていたあたりが、多分、今日の俺のハイライト。

そこからはあっという間に時間が過ぎて、俺は帰路についていた。

「……結局、妙案は何も浮かんでこなかった」

夜道を歩きながら、俺は腕を組んで唸《うな》っていた。

少し、途方に暮れる気分だった。

……しかしまだ、策はあるはずだ。

とはいえ、自分のアパートのそばまで来ると、俺は気持ちを改めた。林に俺の考えを悟られないようにするためだ。

今はほんの少し、彼女が直面している悪夢から、目を逸らさせてやりたかった。

「ただいま」

「おかえり」

簡単な挨拶《あいさつ》を交わして、俺は部屋のドアを潜った。手洗いうがいを済ませて、リビングへ。

「夕飯、これから温める」

「え？　ああ、うん」

「お風呂、先に入ってきたら」

「……そうする」

リビングの隅には、昨日着ていた衣類が丁寧《ていねい》に畳まれて積まれていた。そういえば朝、林は俺の衣類も自分のと一緒に洗濯するのか、と思ったもんだが……どうやら本当に一緒に洗濯したようだ。その上で、洗濯物を干して、畳む作業までしてくれた、と。

浴槽のお湯の加減はちょうど良い。俺が帰ってくる時間を見計らって、お風呂を沸かしたのだろうか。

レンジでの加熱が終わる音が、風呂場にも聞こえてきた。

俺は髪や顔や体を洗い終えると、風呂場を出た。

「たった今出来たよ」

「……ああ」

小さめなテーブルに並ぶ、白米、味噌汁、サラダと肉じゃが。俺では作る気も起きない、手の込んだ料理だ。

……ふむ。

「なあ、林」

「何？」

「至れり尽くせりか？」

「は？」

林は意味不明と言いたげに顔を歪めていた。

……これは俺が悪い。今の発言だけでは、あまりにも説明不足。あまりにも配慮不足。

「つまりだ。たかだか俺の帰宅ぐらいで、気を張りすぎじゃないのか」

「前の家では、これが普通だったけど？」

俺は黙った。前の家を引き合いに出すのは、言葉に詰まるからやめてほしい。

「まあ、ぶっちゃけ驚いたのはあたしもだよ。あんた、部屋の掃除細かくしすぎ」

今度は俺が呆れられる番らしい。目を細めた林は、高校時代のような威圧感があった。怖い。

「あんたは嫌がっていたけど、実は勝手に掃除しようと思ってた。だけど、全然。そんな必要ないんだもん」

「まあ、掃除は成果がわかりやすいからな」

「は？」

「大抵の物事は、苦心して解決させても中途半端に見えたり、成果がわかりづらい。しかし、掃除は行動を起こせばすぐに成果が得られ、かつ目に見えてわかりやすい。そして、仮に失敗しても次のフィードバックへ繋げやすい。だから、良き」

「意味わからんけど、あんたの性格がせせこましいことはわかった」

「わかる」

「わかるな。バカ」

怒られた。言いだしっぺは林なのに、酷《ひど》い。

まあ、こんなしょうもない問答は一旦放って、俺は二人分並んでいる料理に目を移した。

「別に、俺の帰りが遅いのわかっているんだから、先に夕飯食べてればいいのに」

「あたしが夕飯食べている時、あんたは部屋にいないから構わないでしょうけど、あたしはあんたが夕飯食べるの、ここで見てないといけないんだけど？」

「それが？」

「お腹《なか》減るじゃん」

「は？」

「お腹減るじゃん」

「あ、うん」

人がご飯を食べているのを見ると、お腹が減るのか？　わからない。女子ってそういうもんなのか？

確かに。連中って、ＳＮＳでバズった料理とか現地に出向いてまで絶対に食べに行くしな。食欲旺盛なこった。

「それにしてもお前、本当に一通りの家事が出来るんだな」

「何その意外そうな反応」

「意外そうな反応じゃないぞ」

「じゃあ何よ」

「意外な反応だ」

「ダメ押ししただけじゃない」

そりゃあそうだろう。

こちとら、かつての林の家事スキルの程度を、惨憺たる結果に終わった高校二年の文化祭で目《ま》の当たりにしてるのだ。少し会わないうちに、ここまでになっているだなんて普通、思わないだろう。

「まあ、こういうところに関しては、あの人にも少しは感謝しないといけないのかもね」

不承不承《ふしょうぶしょう》といった態度で林は言った。やはり今の林の家事スキルは、元恋人に強要されたから得られたものらしい。

そうなると、素直に褒《ほ》めづらい事柄だ。

ただ、そういう話を聞いたからこそ、浮かんでくる感情もあった。

「もっとこの家で休んでいろよ。お前、この家に何しに来たんだ」

「なんであたし、説教されているの?」

「もっともな疑問だな。アハハ」

説明のしようはない。俺はその場しのぎに笑った。

「あんた、そういう適当なところ、変わってないよね」

「なんだよ。人が折角《せっかく》場を和ませようと道化《どうけ》を装ったのに。そんなに俺の洒落は面白くなかったか？」

「え？　……ああ、まあ。それほど悪くもないかな？」

「そうだろ？」

「お世辞だからね、今の」

「え」

それってつまり、今の俺の洒落、全然面白くなかったってことか？

……。

まさかな。

「というか、今の洒落だったの？」

俺は、林から目を逸らすことにした。何だか少し恥ずかしい。

「……それで、あたしがこの家に来た理由だっけ？　そんなの、ただあの人の手から離れるために決まってんじゃん」

気を取り直して、林が言った。

「いやそれもそうだが、大前提として、気を休めることだってここに来た理由だろ」

「何さ。あたしが気疲れしているように見えるっての？」

「ああ」

なんでいちいち、そんな噛みつくような言い方をする？

はっきりと言うと、林は俺を睨《にら》んできた。

「……何故睨む？」

まあ、本人はこんな態度だが、気疲れしていることは疑う余地もないだろう。

そもそもこいつは自覚してないかもしれないが、もし気疲れをしていなかったとすれば、高校時代あれほど嫌っていた俺に匿われようだなんて思わないだろう、普通。

「……別に、疲れてないし」

「意固地だな、お前」

思わず呆れそうになるくらいだ。

「……で？　もっと家事する時間を減らせないのか」

「ねえ、ちょっといい？」

「なんだ」

「普通さあ。自分の家に匿っている人がいて家事をお願いしているのなら、……もっと家事のクオリティを上げられないのか、とかそっちの方面の文句にならない？」

「なんで？　家事くらい自分で出来ることだろ。そいつが自分でやれよ」

「あんた、共同生活向いてないよ。多分」

そうなのか？

まあ、林が言うなら、そうなのか。

納得は出来ないが、そうなんだろうと思っておくことにした。

「他人に任せるってのは、自分の思い通りにならなくても構わないってことだからな。文句があるなら、他人に任せるべきじゃない。まあ、それが仕事に関するものなら、まだそんなことを言う奴の気もわかるが、たかだか家事だろう？」

「あー、わかるー」

「本当にわかってんのか？」

「まさか。合いの手を入れてあげただけ」

「まるで俺のためみたいな言い方をするな」

「まごうことなき、あんたのためじゃない」

林は呆れていた。

「一体、どこが俺のためだっていうんだ？」

「……自分なりのこだわりが強いとこうなるんだね。参考になるよ」

一体、何の参考になるっていうのか？　少なくとも皮肉めいた言い方的に、褒めていないことだけはよくわかった。

「……まあ、ひとまずあんたの言い分はわかった。理解は出来ないけれど」

「そうか」

「うん。……それでさ、家事の時間を減らせないかってことだけど、それは無理」

「なんで」

「これでもさ、今日のあたしが家事していた時間と、家事していなかった時間って、半々とかなんだよ。ううん。四対六、とかかな。意外とあたし、暇《ひま》だったんだよ」

「それであのクオリティか。凄《すご》いな」

「茶々を入れるな」

茶々など入れてない、が、林がうざったそうな顔を見せたので、黙っていることにした。

「……実を言うと、今日のあたしがそこまで熱心に家事に取り組む気があったかっていえば、そんなことはなかったの。ただ、あまりにも暇で……気づいたらやっていたって、そんな感じ」

「暇、か……」

そういえば、林は元恋人に破壊されたせいでスマホを持っていない。高校時代、こいつがスマホをいじっていない日は見たことがなかった。というか、今時の若者なら誰しも、スマホをいじらない姿を見せるほうが珍しい。

「テレビとか見ればいいのでは？」

「テレビつまんない」

「暇、というか、選《え》り好みした結果、やることなくしただけじゃねえか」

俺は匿った相手に対して、少し呆れるのだった。

……しかし、なるほど。やることがなくて暇だった、か。

「お前、元恋人の家だと、何してたの？」

林のスマホを破壊したのは、元恋人。だったら、元恋人と同棲していた間の日常の過ごし方を聞けば、林の暇の解消法にも繋がると思った。

「あ、すまん」

しかし俺は、言った後に気づくのだった。

元恋人との時間を林が思い出すことは、古傷を抉《えぐ》ることに等しい、と。

「別に。そんな深刻そうな顔、しないでくれる？」

「すまん」

「だから……まあ、いっか。で、あたしが何をしていた、だっけ？　……うーん。そうだなあ。家事？」

「振り出しじゃないか」

「アハハ。わかるー」

「わかるな」

「仕方ないじゃん。あの人帰ってくる度《たび》、家事ちゃんとやれって文句言うんだから。精神をすり減らしながら、いつも家事やってたよ」

　パワハラ上司を持つサラリーマンみたいなこと言っているな、とぼんやりと思った。

「そういう精神やられている時に限って、あれもやんなきゃこれもやんなきゃってなって、時間が過ぎるのってあっという間なんだよねー」

「やめろ。胸が苦しくなる」

「アハハ。あんたのせいだかんねー？」

　意外と楽しそうに、茶化すように林は笑っていた。まあ、茶化す元気があるならまだ良かった。

「それにしても、何の参考にもならなかったな」

「そうだね。でも、ずっと寝ているわけにもいかないしね。寝ているのって意外と疲れるじゃん？」

「ああ……。そうだ」

　俺は思い出したように立ち上がった。そして、テレビ棚の中に入っていたタブレットを手に取った。

　それを持ったまま、ウェットティッシュを取り、画面や側面を拭《ふ》いて、林に渡した。

「ほれ」

「え？」

林は戸惑《とまど》った顔で、首を傾《かし》げていた。

「今はもう使ってないタブレットだ」

「文明の利器じゃん」

「そうだけど……ワードのセンス」

「いいの？」

「ああ、俺は新しいやつ、持っているから。鞄に入っているんだ」

「そうなんだ」

「ああ」

「……そうなんだ」

林は少し、躊躇《ちゅうちょ》しているふうだった。

林をこの家に匿って三日目。ここまで林は、いくら俺が客人と扱っても、下手《したで》に出てくることをやめない。時折言動が高校時代に戻るが、根の部分ではまだ遠慮をしているのだ。

そんな遠慮すべき相手である俺から、家に匿ってもらうだけでなく、今度はタブレットまで借りようとしている。まあ、躊躇《ためら》うだろうな。

「もう使ってないものだ。有効活用しない手はないだろ？」

「……うん」

「家事だけじゃなくて、これで遊ぶこともちゃんとやれ。何のためにここに来たのか、思い出せよ」

「うん。でも普通、遊ぶことだけじゃなくて、家事もちゃんとやれって言うところだからね？」

無視。

「ほれ」

「……ありがとう。じゃあ、借りようかな」

「ああ」

タブレットの重量を感じていた右手が、途端に軽くなった。

タブレットを受け取った林は、久々の電子機器にしばらく感慨《かんがい》に浸《ひた》っていたようだったが、すぐに嬉しそうに目を輝かせだした。

そんな林を余所《よそ》に、俺は一度テレビ棚の方に戻り、タブレットの充電器を手に取った。そして、それを林に渡した。

林は、コンセントの位置を探して右往左往《うおうさおう》した後、無事タブレットの充電を始めた。

そして、俺がテレビを見てる横で、ベッドにうつ伏せに寝転がって、電源が点いたのかタブレットを操作し始めた。

ウキウキとタブレットを操作する林に、俺も少し嬉しくなっていた。

そんな時だった。

「山本《やまもと》」

林は、俺を呼んだ。

「なんだ？」

「一時間だけ、これ返すよ」

「一時間？」

なんで制限時間つき？

ベッドにうつ伏せに寝転がったまま林は、俺にタブレットを手渡した。

俺はギョッとした。タブレットを仕舞う前、俺が最後に見ていたブラウザ。そのブラウザのブックマークが開いていた。

このタブレットは、充電が空《から》になっても、再充電さえすれば、バッテリー切れになる前の画面を再度映す仕様になっている。恐らくその時の俺は、新しいタブレットを買ったことに浮かれ、また、これが他者の手に渡ることもないと考え、ブラウザのブックマークを無造作に開いたままにしていたのだろう。

ブックマークには……言葉には出来ないが、まあつまり、いかがわしいサイトのURLがいくつか表示されていた。

「恩に着る」

粛々《しゆくしゆく》と、俺は林から受け取ったタブレットを操作し始めた。

顔が熱い。

チクショウ。こんなことなら、思いつくまま考えなしにタブレットを貸すんじゃなかった。ちゃんとフォーマットしてから渡すんだった。

「……山本?」

「なんだ」

「あんた、ちゃんと性欲あったんだね」

「からかうな」

「……アハハ」

枕に顔を埋《うず》めた林が、控えめに笑っていた。林は足をバタバタさせて、タブレットのフォーマットが終わるのを待ちわびているようだった。

第五章　睡眠不足な女王様

CHAPTER 5

林恵《はやしめぐみ》を匿《かくま》って四日目の朝。俺はいつも通りの時間に起床した。目を覚ましてすぐに上半身を起こし、背筋を伸ばして、開けたカーテンの向こうの晴天に思わず微笑んでいた。

布団から出て、それを畳んで隅に置き、今日も今日とて、趣味である掃除の時間を楽しもうと思った。

昨日は風呂場を重点的に掃除した。その時点から、今日、どこを掃除するかは決めていた。

クローゼットを開けて、通販番組、通販サイト、はたまた都内の雑貨店などで購入した多様な掃除用品を物色し、今日使うアイテムを手に取った。

俺の部屋のベランダは、単身者向けアパートに備えつけられたものの中では広い部類に入る。いくつかの物件を内見させてもらった中で、今の部屋を選んだ理由の一つには、ベランダの広さもあったくらいだ。

そんなわけで俺の部屋のベランダは、実に掃除のし甲斐がある。

まずは、箒《ほうき》を使っての床のチリ掃き。前回ベランダを掃除したのは、二週間前くらいだったか。あの時から今日まで、真夏のせいもあってかスコールのようなゲリラ豪雨に数度見舞われた。そのため、ベランダには汚れが目立った。

チリ掃きを終えたら、物干し竿《ざお》や手摺《てすり》を拭《ふ》いたり。

そうして最後に俺が手をつけたのは、窓。

まずは洗剤を使って拭いてから乾拭《からぶ》きをして、窓の内側も同じ作業を繰り返した。

あとは、サッシの掃除だ。クリーナーと小さめのブラシを使って、ちまちまと汚れを取り除いていった。

「うっひょー、すげえ汚《きたね》え！」

どうして汚い場所を掃除している時って、気分が高ぶるのだろう。俺はサッシの汚れが取れていくことへの高揚感を露《あら》わにした。

やってしまった。声を上げた後に気づいた。

林、起きなければいいのだが。

「んあ」

願い虚《むな》しく、林は目を覚ましてしまった。

昨日同様、寝起きの林は意識が朦朧《もうろう》としていた。眠そうに目を細めて、上半身は起こしたものの、おきあがりこぼしのようにフラフラとしていた。

「おはよぅ……」

平時に比べて、更にハスキーな声だった。

「おう、おはよう。すまん。起こしたな」

「……今、何時？」

「朝の六時だ」

「……マジか。じゃあ、起きる」

そういえば林、昨日は五時台には目を覚ましたのに、今日はその時間には起きる様子もなかったな。

まあ勿論《もちろん》、俺は客人であるあいつに朝早く起きることを強要していないし、何なら今日も、まだ寝ていろとさえ思う。

しかし、気《け》だるげな態度とは異なり、責任感からなのか、林はフラフラとした足取りながらも洗面台のある脱衣所の方へと歩いていった。

とりあえず、俺もさっさと掃除を終わらせてしまおう。今日の講義は二限目からなので少し余裕を持っているが、早めに大学に着くに越したことはない。

サッシの掃除を続けていると、脱衣所から林が出てきた。

「朝から大きな声を出して、何か楽しいことあった？」

林に尋《たず》ねられた。一応、俺の声で目覚めたことは寝ぼけながらも覚えていたようだ。

「掃除をしていたんだ」

「うん」

「汚れがさ、みるみる落ちてさ……」

「うんうん」

「楽しくなってきてさ。大きな声が出たんだ」

言いながら、少しだけ恥ずかしい気持ちになっていた。

「あー、わかるー」

「そうか。わかるか」

「うん。興奮すると大きな声出るよね」

俺は黙った。初日に俺に迫ってきたこいつが言うと、なんだか卑猥《ひわい》な意味に聞こえてしまう。

「それよりごめん。起きるの遅かった」

俺の気も知らず、林は言った。

「別に。早いくらいだろ」

「……ちょっと、タブレットで遊びすぎたよ」

俺の言葉への返答にはなっていない。釈明らしき言葉を吐いた林は、申し訳なさそうに朝ごはんの準備を始めた。

昨晩、渡したタイミングで事件を生んだタブレットだが、どうやら林の暇潰《ひまつぶ》しの道具になったようで安心した。

林は、手早く朝食の準備を済ませた。リビングに料理を運び、掃除を終えて手を洗った俺もテーブルの前に座った。

「頂きます」

「いただきます」

俺たちは朝食を食べ始めた。テレビも点《つ》けない静かな朝ごはんの時間だった。

「……ごめん。軽いものになっちゃったけど。この後、お弁当も作るから」

「悪いな。バタバタさせて」

「あんたは別に悪くない。自己管理が足りないあたしのせいだから」

「お前、意外と一人で抱《かか》え込むタイプだよな」

俺がこのアパートに連れてきた時、最初は元恋人の家に帰る気満々だったり。

自分の状況を鑑《かんが》みず、俺に迷惑をかけないようにアルバイトを始めようと言ってみたり。

朝食の支度が遅れた程度で、これだけ深く反省したり。

高校時代のこいつを見てきた俺だが、林の性格がこんなんだとは知らなかった。

「与えられたことをキチンとこなせないんだから、何言われたって仕方ないでしょ」

「いや、俺は何も言ってないし、俺からタスクを与えた記憶もないぞ」

「もっとズバズバ言わないとダメでしょ。あんたは家主なんだから」

何故《なぜ》だかダメだしされた。

……まあ、強《し》いて林に言いたいことがあるとすれば、もっとサボることを覚えろということくらいか。

林の言葉には返事をせず、この話はこの辺で区切ってしまおうと思った。これ以上、自責の念を抱えさせても、後々俺が気を遣《つか》わなくてはならなくなって、面倒くさそうだ。

ただ、だったら一体どんなことを言って話を逸《そ》らすのか。手頃な話題は思いつかなかった。

ふと、俺はベッドに視線を移して、黒光りするタブレットに目を留《と》めた。

「……昨晩、タブレットで遊ぶのは楽しかったか？」

「うん」

「なら良かったよ。俺は楽しんでもらうために、お前にあれを渡したんだ。現代人と家電機器は切っても切り離せない。原始時代に戻ったような生活は、苦痛だっただろう」

「……まあ。まあね」

林の顔に、少しだけ余裕が戻った気がした。

「何してたんだ？　タブレットで」

「え？」

「……あー。いや、話せる程度のことでいいから。教えてくれよ」

自分が似たようなことを他者から尋ねられたら、プライベートなことを聞くなと言いたくなることに気づいて、わざわざそんな文句を付け足した。

もしかしたら、もともとあのタブレットは俺のものだったんだし、何に使うかくらいは気兼ねなく聞いてもよかったのかもしれない。

もしソーシャルゲームという闇に課金されたら、この前林一人匿うくらい余裕と見積もった俺の懐《ふところ》事情も途端に苦しくなるしな。

まあ、林に限ってそんな使い方をするとも思えない。この部屋に匿ってからの四日間、こいつを見てきたが、高校時代、我《わ》が儘《まま》勝手と思っていたこいつは、これで結構、責任感が強く、情に篤《あつ》く、懐が深いということがわかった。

……そんな奴に、俺は高校時代嫌われていたのか？

我ながらびびるぜ……。

「動画を見てた、くらいだよ？」

嫌がるかもしれないと思ったが、少し歯切れ悪く、林は俺の問いに答えてくれた。

動画。

そうか。そういえば昨晩、寝ようと目を閉じた後にも、ベッドの上から音声が聞こえていた気がする。

「へえ、どんな動画だ？」

まあ、多分……猫がじゃれる動画とか、犬と人が戯《たわむ》れる動画だとか、そんな感じのものだろう。

「ええと……説明、難しいね」

「ん？」

「見てみる？」

ついこの間、林は、ご飯を食べながらの電子機器の操作は行儀が悪いと言っていた。なのに今、林はそんなかつての自分の台詞《せりふ》を忘れたかのように、タブレットを手に取り、ご飯を食べながら操作を始めた。

……まあ多分、それだけ面白い動画を見つけて、俺と話題を共有したい、とかそんな感じなんだろう。

テレビの代わりにタブレットに映し出された動画は、電子ボイスに台詞を読ませた十分程度の物語だった。登場人物は大枠で四人。

気の弱そうな夫婦と、常識のない店員と、実は凄《すご》い人。

気の弱い夫婦は結婚記念日に高級レストランを予約し、入店するが、ドレスマナーを守っているにもかかわらず、常識のない店員により入店拒否。憤《いきどお》った二人は、代わりに馴染《なじ》みのレストランを訪れ、その店長に今日の出来事を愚痴った。

実は、この店長はかつてあちらの高級レストランの料理長を務めていて、その一件を受けて、すぐにそこの現店長を叱《しか》り、常識のない店員がレストランをクビになる、というストーリーだ。

所謂《いわゆる》、水戸黄門《みとこうもん》形式の物語。勧善懲悪《かんぜんちょうあく》ともいうが……昨今の若者は、この手の動画のことをスカッと系動画と呼んでいるらしい。ハッシュタグもついている。

「ね。面白いよね」

「そうだな」

とりあえず、俺は林の言葉に同意した。面白くないと思ったわけではないからだ。ただ俺はこの手の動画は嫌いだ。

こういった動画は、懲《こ》らしめたい相手を徹底的に懲らしめるという意図だけが強くて、ストーリーが粗《あら》く、登場人物の行動にも一貫性がない。

何より、自分ではなく他人の威光を笠《かさ》に着て気に食わない相手に罰を与える、というストーリーの構成に製作者の底意地の悪さが透けて見えて、反吐《へど》が出る。

自分を不当に扱った相手がいる。言い返せない。言い返しても、無駄に終わる。

そんな相手がいた際、他人の力を借りることは間違いだとは思わない。だけど、どうして主人公たちに受動的に話を進めさせるのか。

入店拒否をした店員を懲らしめたい。

何故、主人公たちにその意思をはっきりと明言させないのか。これでは主人公たちの憤りの結果、店員が辞《や》める結果になったというのに、主人公夫婦には何の責任も生じていないではないか。どれだけの巨悪だったとしても、相手を追い込んだのならそれ相応の責任を感じるべきだと俺は思う。

自分たちの発言、行動に責任を持たなくていいように仕向ける安易なストーリーが、俺は嫌いだ。

まあ、そんな俺の好みの話はともかく、視聴済みを示す赤色バーが伸びた動画が数本あるのを見て、俺は納得した。林の奴、昨晩は寝る間を惜しんでずっとこの手の動画を見ていたな？

まあ、今の自分の境遇も相まって、動画視聴が止まらなくなったとか、そんなところか。

「どの辺が面白いと思った？」

「え？」

「だから、どの辺が面白いと思った？　今の動画」

共感を示してくれた俺に気を良くした林は、笑顔で俺に尋ねてきた。今まで見たことがないような、曇りのない晴れやかな笑みだった。

その顔でこんな質問をするのはやめてほしい限りだ。

面白いと言った林に同意した俺も悪いが、つまらないと言えない雰囲気を醸《かも》し出していたお前も悪いんだぞ？　などと内心での文句が止まらない。

「ねえ、山本《やまもと》？」

だらだら汗を流しながら、俺は目を逸らした。口元はひきつっていたと思う。

「ん？」

「もしかして、面白くなかった？　無理して言ってくれた？」

うぐ……。

こんな時ばかり鋭くなるのやめろ。

悲しそうに頬を膨《ふく》らませて俯《うつむ》く林を見ていたら、なんとかしないと、という気持ちが湧いてきた。

「そ、そんなことないぞ？　全然？　まったく？」

「なんか発言全部に疑問符ついてない？」

「それはあれだ。俺が人付き合いに慣れてないからだ。イントネーションがおかしくなる時があるんだよ」

「あー、そっか」

「おう」

一応言っておくけど、こんな適当な弁解で納得するなよ。

「じゃあ、どこが面白いと思った？」

俺は黙った。

まあ、動画のストーリーの流れを読むなら、断罪されるべき店員がクビになったことが面白いと思ったとでも言うべきなんだろう。ただ、そこは俺からしたらむしろこの動画で一番つまらなかった部分だ。

あまりストーリーを貶《けな》すようなことを言うのも、余計に林を悲しませる……どころか、ヘソを曲げられそうだ。

「リスクマネジメント出来てない店員がいるんだな。バカだなあ、と思って面白かった」

俺らしい捻《ひね》くれた発言かつ、なるべくストーリーを貶すような内容にもなっていない発言だ。

これで、どうだ……？

俺は固唾《かたず》を呑んで林の反応を見守った。

……林は、

「あー、わかるー」

わかってくれたー。

「と、とりあえず、睡眠時間はちゃんと取るようにしろよ？　体に悪いからな」

「あ。……うん」

打って変わって、林は渋い顔で頷《うなず》いた。

「ごちそうさま」

「うん」

朝食を食べ終えて、食器をシンクに運んで、俺は大学に行く支度を始めた。鞄に参考書を詰めて、洗い物をする林の後ろを通り、脱衣所で今日も寝巻きを着替えた。

「今日はアルバイトないから」

「はーい」

「じゃあ、行ってくる」

「行ってらっしゃい」

家を出て、俺は今日もぼんやりと考えた。

あの手の動画に林が嵌《は》まった理由。それは、今の自《みずか》らの境遇と重ねたから、とさっき俺は考察した。

しかし、もしそうだとするのなら……林は潜在的に、やはり、元恋人を罰したい。そう思っているのではないだろうか。

もしそうなら、もしかしたらもう一度、林に元恋人を警察に突き出すように、説得が出来るかもしれない。

……今、林の恋人はどこで何をしているのだろうか？

残された時間の猶予《ゆうよ》を知りたかった。

林だって、このまま俺の部屋にずっといるわけにはいかないだろう。いつか、この生活にも無理が出てくる。

その前に、林の不安ごとは全て取り除く必要がある。

だけど、その不安ごとを林が取り除くのに……一番必要なことは、さっきの動画のように、その威光を笠に着れるような味方を作ることではない。

今の林の状況を解決させるには、林自身が一歩踏み出す。それしかないんだ。

俺が出来ることは、せいぜい林の背中を押すこと。となると、俺が今一番するべきことはやはり……林と、かつての彼女の親友だった笠原《かさはら》の再会の道を開くことだろう。

昨日は無理だったけど、今日こそ……！

そう意気込んでの大学。

「……いない」

そもそもフランス語の講義くらいしか接点がない笠原を、広い大学キャンパス内で見つけることが出来なかった！

完！

夕暮れ時、進展なしで、俺は帰路についていた。

少しだけ、気持ちは重い。あれほど、林に偉そうなことを言ってきたにもかかわらず、まさかこの俺がここまで一切の進展を見せられないとは、まったく思ってもみなかった。

部屋に帰りたくないな。ふと思った。今なら少しだけ、仕事帰りの所帯持ちサラリーマンの気持ちもわかる（わからない）。

しかし、そんな時に限って、いつもより早くアパートに到着するのだから不思議である。

俺はアパートの自室を外から見ていた。

ふと、疑問に思った。

アパートの外から、自分の部屋の明かりが灯《とも》っていないことに気がついたのだ。

いくら、講義が終わってすぐに帰ってきたとはいっても、時刻はもう夜の七時。部屋の明かりなしでは室内が暗すぎて何も出来ないそんな時間帯だった。

その時だった。

俺の中に、嫌な予感がよぎったのは。

さっきまでは部屋に帰りたくないだなんて思っていたのに、歩調が速くなるのがわかった。

一昨日、林は言っていた。

俺が大学で部屋にいない間に、こっそりアパートを出た、と。スーパーでの買い出しと、アルバイトの求人誌をもらいに行ったと。

まさか……。

まさか……っ！

さっき思った。

林の元恋人は今、どこで何をしているのだろうか、と。

まさか……。

まさか、林の元恋人は、見つけてしまったのではないだろうか。一昨日、一人で出歩く林を見かけていたのではないだろうか。そして、林が今いる場所を突き止めていたのではないだろうか。

そうして今、林の元恋人は林を連れ戻しに……。

アパートの階段を昇り、部屋の前に立った。

ポケットから鍵を取り出そうとして、慌《あわ》てるあまり、俺は鍵を床に落とした。

カチャン、と金属音が響き、俺の中での焦燥感《しょうそうかん》がより強まった。

鍵を回し、扉を開けた。

室内は静かだった。

……もぬけの殻《から》のようにひっそりとしていた。

靴を脱ぎ、キッチンフロアを歩いた。フローリングの軋《きし》む音が、ひどく耳障《みみざわ》りだった。

そうしてリビング。

「すぴー」

……林はベッドで寝ていた。

「……なんだよ、寝ているだけかよ」

「すぴぴー」

「寝息で返事するんじゃねえ」

小さい声で突っ込んだ。

それにしても、一切の曇りがない幸せそうな寝顔だな。

起こしてやるのも忍びない。元恋人との生活での心労。そして、俺なんかとの共同生活による気苦労。積み重なったものが、ドッと押し寄せたのだろう。

よく見れば、ベランダには洗濯物が干しっぱなし。

キッチンには、ビニール製の保存袋の中で下味をつけられている鶏肉《とりにく》もある。

ひとまず、俺はキッチンのシンクで手を洗った。

「んあ」

起こす気はなかったのに……。水を流す音で林は目を覚ました。

「すまん。起こしたか」

脱衣所の扉を開けた拍子《ひょうし》に目覚めるとも思ったからキッチンのシンクで手を洗ったが、失敗だった。

「ごめんっ」

上半身を起こした林は、朝起きた時のように半目で、眠そうにこちらを凝視《ぎょうし》していた。

そして、覚醒するなり、慌てて立ち上がって謝罪してきた。

おろおろあたふたした林は、寝癖《ねぐせ》のついた髪を手櫛《てぐし》で整えながら、キッチンへと向かってきた。

「あいたっ」

そして、部屋とキッチンの境い目の壁に右足をぶつけてバランスを崩した。

その瞬間は、何故だかスローモーションに見えた。

手洗いの最中ながらも、足をぶつけてバランスを崩した林を目にして、蛇口を締めるより先に体が動いていた。

倒れかけた林を両腕で支える時、林の柔らかい部分の感触が腕に伝わった。同じシャンプーを使っているはずなのに、いい香りが漂ってきた。

「気をつけろよ」

林は、何も言わなかった。

反面、俺は少し心臓が痛い。林がバランスを崩したことと、そうして手が覚えている柔らかな感触と甘い残り香《が》が、鼓動を乱した。

「……たい」

林が呟《つぶや》いた。

「いたぃ……」

どうやら足をぶつけたのが相当痛かったらしい。

途端に心臓の痛みは吹っ飛んだ。

「バカだなあ」

「うるさい……」

「慌てて起きるからだ」

「うっさいってば！」

俺の腕から、林は強引に抜け出した。ふんっと不貞腐《ふてくさ》れて、彼女はキッチンに立った。まあ、謝罪を繰り返されるよりかは、怒られているほうがやりやすいか。

「……ごめんね」

と、思っていたのに、林はまた謝罪の言葉を口にした。

「家事はあたしの仕事だったはずなのに。早速あたし、仕事サボった」

「久しぶりに娯楽にありつけたんだ。たまにはいいだろ」

「いいわけない」

なんで？

尋ねたくなったが、なんとなく林の言いそうなことはわかった。林は多分に、今この部屋に自分がいていい理由を、家事をするから、だと思っている節《ふし》がある。だから、彼女はその仕事を早速サボってしまったことに後ろめたさを感じているのだろう。

ブラック企業の新入社員が、役員だとか社長から、サラリーに見合う仕事をしろ、と偉そうに言われる感覚と似ているかもしれない。

俺はそういう考え方が好きではない。そういうことを言う連中は、対価に見合わない仕事しか出来ないのなら無給で働け、とでも言うのだろうか。従業員軽視も甚《はなは》だしい。

当の林も、連中のような思考回路でそういう発言に至ったのだろう。そんな思考に至った経《けい》緯《い》に、元恋人の存在があったのかはわからない。ただ、今はそこは問題ではない。

問題は、もし俺が今、お前は家事をする必要なんてないんだ、と言っても、彼女は納得しないだろうということだ。

どんな形であれ、林はこの家にいる以上、家事をすると宣言し、やると言った家事をしなかったという失敗を犯してしまった。

だから林は罪悪感を覚えた。

だから林は、俺に詫びた。

「林。今回家事が滞《とどこお》った理由は何だ」

「え？」

「理由だ。どうしてお前は眠ってしまったんだ」

林は項垂《うなだ》れた。俺の声色から怒られると思ったのかもしれない。高校時代の林は、自らが責められる場面に立たされれば立たされるほど、生意気な態度を示していたが、今は違うらしい。

「……昨日、夜更《よふ》かししたせい」

悲しそうに下を向いたまま、林は言った。

「それで、日中に眠くなったと」

「うん」

「そうか」

ふう、と俺はため息を吐《つ》いた。

「じゃあ、簡単だ。今晩からは日中に寝過ごすことになるくらい遅い時間まで、夜更かしするのはやめろ」

「え？」

「問題が発生したのなら、対策すればいいだけだろ。いつまでも自責の念に駆られているほうが時間が勿体無《もったいな》い」

「……怒らないの？」

「怒る？　なんで？」

俺は不服そうに言った。

「たかだか家事の失敗の一つで、お前を怒る必要なんてないだろ」

……俺に怒られるかもしれないと思っていることは、彼女の態度を見ていたらわかった。確かに失敗はしただろう。それでも俺は、林を怒る気にはならない。

「……でも」

「林、俺の金言を教えてやる」

「……なに？」

「失敗したって、人は死なない」

林の返事はない。

俺は言葉を続けるために息を吸った。

「人ってのは大抵、生きている間に何度も何度も失敗を繰り返すものだ。仕事なり、家事なり、人間関係なり、いろいろな。そういう時、人は失敗を悔やみ、落ち込むものだ。死にたくなるようなくらい落ち込むこともあるかもしれない。だけど不思議なことに、どれだけ死にたくなるような辛《つら》い失敗をしても、人は死なないんだよ。結局、俺たち……お前が抱える仕事も、その仕事で犯した失敗も、その程度のちっぽけなもんなんだよ」

「……あー」

「わかるか？」

「……うん」

「だろ？　だから、そんなもんで頭を悩ませるのは時間の無駄だ」

「……うん」

「林、逆の立場になって考えてみろ」

「……え？」

「目の前にいる奴が仕事で失敗して、お前は損害を被《こうむ》った。お前は腹を立てた。お前は相手に対して怒るだろう。そんな時、お前は何を思いながら相手を怒る。怒った後、相手に求めるものは、謝罪なのか？　違うだろう。二度と同じ失敗をするな。二度と、同じ目に遭《あ》わせるな。二度と自分の手を煩《わずら》わせるな。普通はそう思うもんだ。何故なら、それは所詮《しょせん》仕事上の失敗だからだ。だからこそ俺は言っているんだ。失敗したって人は死なない」

　林は黙って俯いていた。

「失敗した時、一番大切なことは相手への謝罪じゃない。何故ならそれは、誠意ではないからだ。一番の誠意は、何が問題だったかを分析して、同じ失敗を繰り返さないことだ」

　気づけば、怒るつもりはないなんて言いながら、随分《ずいぶん》と説教じみた話になってしまった。

「つまり、今日の失敗の原因と対策を見つけられたならお前はもう大丈夫だ。再び同じ失敗は繰り返さない。そうだろ？」

「……うん」

林は、深く頷いた。

「うん。うん……。もう、絶対にこんなことしないよ」

「それだったらこの話は終わりだ。それでいいか？」

「うん」

林はもう一度頷いた後、苦笑した。

「……あんたさ、本当、達観しているよね。本当、同い年とは思えない。少しキモいもん」

「……林」

「何？」

「それは暴言だから、ただただ怒るぞ？」

「アハハ。冗談。冗談だよ。……そっか。失敗しても死なない、か」

「なんだ？」

「ごめん。異論があるってわけじゃないの。……ただ、あたしの中にはない発想だったってだけ」

「そんな大層なもんでもないだろ」

「ううん。……あんたの言っていること、正しいよ。他でもないあんたを見ていたらよくわかる。それでさ、それだけじゃない」

と、いうと……どういうことだろう？

俺は首を傾《かし》げた。

「きっと、これが本当の恋人同士の同棲生活なんだって思ったよ」

「あん？」

「相手の失敗を許容出来る。直す術《すべ》を一緒に模索する。頭ごなしにならず、一緒に悩んであげる。そうして、相手を慮《おもんぱか》って励まして、時間を割いて向き合って……より良い人生を作り上げていく。二人で築いていく」

今の林の言葉は、誰かに対するあてつけのように聞こえた。

「あの人との同棲生活には、それがなかった。だから、きっとあたしたちは上手《うま》くいかなかった」

「……そうか」

多くは語らなかったが、俺は林の意見にほんの少しだけ異議を唱えたかった。

高校時代嫌っていた俺の部屋なのにもかかわらず、ここにいるべく、家事を買って出た。

元恋人と再会するリスクも恐れず、俺の懐事情を鑑みて、アルバイトを強行しようとした。

そんな林の行動は、相手を慮って励まして、時間を割く。

まさしく、彼女の求める恋人像そのものじゃないか。

多分、林は元恋人相手にだって、今の俺に与えてくれるものと同じものを与えようとしただろう。

高校時代にあれほど危なっかしかった料理の上達具合。

一通りの家事を苦にしない献身的な性格。

ここに来てから、生活に関する文句だって聞いたことがない。

そんな今の林の姿を見ればわかってしまう。

……わかってしまうんだ。

……林。

お前と、元恋人の同棲生活が上手くいかなかった理由。

それは、お前はきっと何も悪くない。

暴力。束縛。精神的支配。

悪いのは全部、お前を道具のように扱った……元恋人じゃないか。

「俺たちは別に、恋人同士ってわけじゃないけどな」

「それもそうだ」

アハハ、と林は笑いだした。

……林と再会してから、彼女の笑顔を見た回数はそこまで多くない。

逆に、深刻そうに俯いていたり、悲しそうにしていたり、そういう顔は嫌というほど見てきた。

……不思議なもんだ。

どんな理由でも彼女が微笑むのは、悪い気がしなかった。

「ねえ、山本?」

「なんだ」

「最近、思ってるんだ」

何を?

聞くより前に、林は話しだした。

「高校時代、もっとあんたと話しておけば良かったなって」

俺は黙った。異を唱えたいわけではない。むしろ……。

奇遇だな。俺も。

俺もちょうど、そう思っていたところだ。

この部屋に林を匿って以降、俺は彼女の様々なことを知ることが出来た。

相変わらず気が強いこと。

意外と表情に出やすいところ。

ドジっ子っぽい一面があるところ。

そして何より、彼女は実は、とても献身的ってこと。

女王様だなんて呼ばれる人種は大抵、暴君じみた我が儘な振る舞いをする奴が多いもんだ。

だけど彼女は……時折傍若無人《ぼうじゃくぶじん》な女王様の顔を覗《のぞ》かせることもあるが、恩義を感じた相手には、全てを擲《なげう》ってでも報《むく》いようとする、そんな気概《きがい》の持ち主だ。

もし……。

もし、高校時代に俺たちがもっと会話をしていたら。仲を深めていたら。

もしかしたら俺たちは、もっとより良い高校時代を過ごせたのではないだろうか。

だからこそ、俺も思った。

高校時代に、もっと林と腹を割った会話をしておけば良かった、と。

「良かったじゃないか」

「え？」

「それに気づけてさ。……お互いに」

しかし、そういう後悔は俺は好きではない。反省は必要だ。しかし、失敗を嘆《なげ》き、途方に暮れる必要はないと思っている。

もし、失敗したと思っているのなら……。

対策して、もう同じ過《あやま》ちを繰り返さないようにすればいい。

それだけの話なんだ。

だって俺たちは、この一つの失敗で死ぬわけじゃない。

永遠の別れを迎えるわけでもない。
いつでも、まだ……俺たちはやり直せるのだ。
俺の言葉を聞いた後、林は照れくさそうにはにかんで、一瞬、顔を伏せた。
……そして。
「うんっ！」
再び顔を上げた林は微笑み、力強く頷いた。

第六章　ヒステリックな女王様

CHAPTER 6

林恵《はやしめぐみ》を匿《かくま》って五日目の朝。俺はいつも通りに朝早くに目覚めて、部屋の掃除を開始した。早朝の掃除は気持ちいい。一日の初めに、昨日の負債を全て清算するような、そんな心持ちだった。

「おはよう」

「おはよう、林」

林が目を覚ましたのは、寝坊した昨日よりも早かった。昨晩の林は、失敗を繰り返さないようにするためか、一昨日の夜より早く寝ていた。そのおかげか、林が目覚めたのは朝の五時半。俺の起床から一時間後のことだった。

昨日の失敗を反省したからこその、今日のこの早速の行動。

俺は、そんな林の生真面目《きまじめ》な性格が窺《うかが》える状況を目の前にまた思った。

いや、別にもっと寝ていろよ、と。

林はヘアゴムで髪をポニーテールにまとめてキッチンへ。

掃除を続ける中、キッチンから調理の音が漏《も》れ始めた。掃除を終わらせ、俺は林の様子を見に行った。

昨日よりも明らかに手の込んだな朝食。そして、お弁当。

「そろそろ出来るよ」

調理の終わりが見えたからか、林は気の抜けたあくびを漏《も》らした。

「み、見ないでよ」

恥ずかしそうに、林は頰を染めて口を尖《とが》らせていた。

しばらくして、テーブルに朝食が並んだ。

「お疲れさん。別に、もっとゆっくりと起きてもよかったんだぞ」

「うっさいね。別にいいでしょ。あたしの勝手」

「そうなんだけど、俺が強要しているようで気分が悪い」

「仮にあんたに強要されてたら、あたしはもっと遅くまで寝ていたよ」

「あっ！　わかるー」

何せ、林は高校時代、俺のことが嫌いだったのだから。そんな嫌っていた相手に嫌なことを強要されたら、生意気な態度を見せるのは当然。しかも、林だしな。生意気な態度では済まず、女王様気取りで今度は俺に家事を強要するかもしれない。

それだったら俺、踏んだり蹴ったりだったな。

今の俺たちの関係は、数々の選択を迫られる局面で、全て正解を選ぶことが出来たからこそ生まれた結果なんだと気づいた。

もし外したらどうなっていたかって？

そんなの、考えるのもおぞましい。

「感謝してよ？」

林は笑っていた。

「あんたがうざいくらいにおせっかいだから、あたし、こんなにもやる気に満ち溢《あふ》れているんだよ？」

それのどこに、俺が感謝する要素があるのか。

だって、林の言っていることはつまり、全ては俺の頑張りのおかげってことだろう？

だとしたら、感謝されることはあっても、感謝を強要される謂《いわ》れはないのではないか？

「そっか。ありがとうな」

文句を言ってもよかったが、感謝の一つで林の気分が保たれるなら、やって損はありはしない。

結果、林はどういうわけか調理の手を止めて、俯《うつむ》きだした。

「……お礼を言うのは」

林は口をつぐんだ。しばらくの無言。

「あ、あんたが素直にお礼を言うの、変！」

「そんなことないぞ。俺は恩を感じたらすぐにお礼を言う。ありがとうって言うだけで、お互い、いい気持ちになれるんだ。そりゃあ、お礼くらいするさ」

「あー……わかる」

「だろ？」

「わかるけどさー。うーん」

林は唸《うな》った。

「ま、いいか」

しばらく考えて、どうでもよくなったらしい。

「ね、山本」

「ん？」

「明日、食べたいものある？」

「え？」

「食べたいもの。何かある？」

いきなりなんだ。今度は俺がうーんと唸った。

「俺の好物は前、お前に伝えたと思うが？」

「好物は聞いたけど、それを明日食べたいとは限らないじゃない」

拗《す》ねたように頬を膨《ふく》らませる林に、俺は確かに、と思った。

しかし、食べたいもの、か……。

突然言われると、不思議なことに……あんまり食べたいものは浮かんでこなかった。

「お前の作ってくれたものなら、何でもいいぞ」

俺は言った。まあ、嘘偽《いつわ》りは一切ない。正直、林の手料理は実家で親が作ってくれたものより美味《おい》しい。俺の胃袋は既《すで》に、林に鷲掴《わしづか》みにされた状態だった。

「……あっそ」

林は、不機嫌そうにそっぽを向いた。

さっきまでの林の声音はどこか楽しそうだったのに。今の林の口調は、どこかぐじぐじしていた。

また、室内が静かになった。

「な、何でもいいって、料理を作ってくれる相手に対して、一番ダメな返事だからね！」

「……そうなのか？」

「そうだよ。あんたの親にも似たようなこと言われなかった？」

言われてみれば、母も今の林のようなことを言って、ヒステリックに怒っていたことがあったような、なかったような。

「ダメだかんね。そんなこと言うの」

「気をつける」

「気をつけて」

林はスーッと息を吸った。

「……あたし以外の人にそんなこと言ったら、絶対にダメだから」

「ん？　ああ」

フライパンの上で、ジューっと肉を炒《いた》める音が響いた。

それからまもなく、林は調理を終えて、一人分の朝食をテーブルに置いた。

「先、食べてて」

林は言った。

「なんで」

「お弁当の準備するから」

「……いいよ。じゃあ待ってる」

「あっそ」

弁当の調理はどれくらいかかるだろうか。二十分くらいだろうか。

ところが、俺は彼女の手際《てぎわ》の良さを侮《あなど》っていたようだ。林はさっきよりも手早く調理をし、十分くらいでお弁当を作ってしまった。

弁当箱に具材を詰めて、少し冷ますために蓋《ふた》はまだしないそうだ。

「お待たせ」

「全然、待ってないさ」

「じゃあ、頂きます」

「いただきます」

手を合わせて、俺たちは朝食を食べ始めた。

朝食を食べながら、俺たちは雑談に花を咲かせた。

互いが通っていた中学の、どっちの方が治安が悪かったか。

高校時代、林には嫌いな先生がいたってこと。

高校最寄《もよ》りの駅前のコンビニエンスストアが最近潰《つぶ》れたってこと。

今朝はいろんなことを、特に思い出話を中心に、林とたくさん語り合った気がする。

思えば、こうして林と笑いながら会話をしたことは、これまであっただろうか。

高校時代、一年生の時に俺たちは出会った。あれから三年強。

こんなにたくさん林と話したこと、多分初めてだ。

まあ、高校時代は仲が悪かったし、そりゃあそうか。

「今日、アルバイトは？」

「ない」

朝食を食べ終えて、大学へ行く準備を済ませて、玄関へ。

「何時に帰ってくる？」

「十六時くらいか」

「早くない？　大学で遊ぼうとか思わないの？」

「なんで。大学は勉強する場所だろ」

「今時の学生はそんなこと思ってないと思う」

「高い学費を払っているのにか？」

林は苦笑していた。

「まあ、そう言うだろうね。あんたなら」

「そうなのか？」

「そうだよ」

「お前がそう言うなら、そうなんだろうな」

……そういえば、林から帰宅時間について尋《たず》ねられたのは今日が初めてな気がする。

「じゃあ、気をつけて」

「おう」

俺は部屋を出た。

……高校時代の三年間、冷戦中の国同士のように一触即発寸前の状態だった俺たちの関係は、たった五日で劇的な変化を遂《と》げた。

高校時代の林と、今朝の林。

明らかに、彼女の俺への態度は軟化している。

再会して以降も、最初は林との関係は危うさしか感じなかった。

突然抱きついて、ヤる、とか聞くし。

部屋から出るな、と忠告したのに、無視して外に出るし。

俺に匿ってもらう代わりに、家事をすると言って譲らないし。

昼寝をして家事をサボっただけで卑屈になるし。

本当、わずか数日だったにもかかわらず、いろいろな出来事があったもんだ。

林は変わった。俺相手にも仏頂面《ぶっちょうづら》せずに接することが出来るくらい、人間的に丸くなった。

勿論《もちろん》、林が変わることが出来た理由は……彼女自身の成果だ。

彼女が、現状を変えたいと願い、他者の意見を聞き、自分自身で選択をしてきたからこそ、今があるんだ。

『きっと、これが本当の恋人同士の同棲生活なんだって思ったよ』

元恋人との同棲生活が異常だった、と気づくことが出来たんだ。

今ならもしかしたら……俺からの提案でも、頑《かたく》なにならずに、元恋人を告発する選択をすることが出来るかもしれない。

今の変わった林なら、きっと……。

今日帰ったら、林に早速、提案してみようかな……。

ぼんやりとそんなことを考えているうちに、大学に着いた。いくつかの講義を受講し、昼休み。

混雑して喧騒に溢《あふ》れる食堂に、俺は一人立っていた。

今日は、一限目から五限目まで講義が目白押し。いくら混んでいても、ここで昼食を食べないことには英気は養えない。

しかし、辟易《へきえき》としてしまう。

昼飯時ということもあるが、大学生というのはどうしてこうも騒がしいのか。頭が痛くなってしまう……。

それに、困りごとはもう一つ。

俺は、キョロキョロと食堂内を見回す。

探しているのは、空席。昼飯時、混雑した食堂には、人一人が座る席も見当たらなかった。

いいや、正確にはある。空席の一つや二つは確かにある……のだが、空席はグループが占拠している中にあったり、鞄置きにされていたり。わざわざ一声かけないと座れないような状況に陥《おちい》っていた。

グループが去るのを待つか？

それか、連中の反感を買ってでも席を確保するか？

どっちも面倒くさいなあ。

そんな時だった。

「こっち」

「ぎゃっ」

突然、俺は背後から手を握られ、引っ張られた。手の感触は、小さくて柔らかい。

一瞬で、俺はひどく動揺していた。

いきなり、手を引かれたのだから仕方がない。

そもそも俺は今、一体誰に手を引かれているのか？　友達と勘違いされているのではないだろうか？

その線が強い。だって俺……女の子の友達、この大学にいないし。

今、俺の手を引く人物が、女性だってことは手の感触だけでわかる。

変な空気になるのは間違いないが、面倒事はさっさと済ませてしまう。

この彼女に、人違いだぞ、と指摘しよう。

そう思って、俺は振り返った。

そこにいたのは……まさかの、俺の知っている女子。

「か、笠原《かさはら》っ！」

笠原灯里《あかり》。

この大学では唯一《ゆいいつ》となる、俺と同じ高校の出身者。

そして、俺とは高校二、三年生の時のクラスメイト。

そしてそして……彼女は、林と唯一無二と言っていいくらい仲の良かった、林の親友だ。

「席がなくて困っているみたいだからさぁ」

笠原はおどけて言った。この女の子らしい甲高《かんだか》い声。屈託のない笑顔。そして、おっとりと

した雰囲気。

　高校以来の笠原は、かってとそこまで変化はなかった。

「大丈夫だ。気にするな。少し待てば、そのうち席も空くだろうさ」

「いいっていいって。困っている時はお互い様、でしょ？」

「だけど……」

「いいでしょ？」

「……わかった」

　笠原は、林と親友ではあるが、性格は林と全然違う。高圧的ではないし、相手との距離感をキチンと弁《わきま》えている。

　しかし、どっかの女王様とは別の意味で発言の一つ一つに有無《うむ》を言わせぬ凄《すご》みみたいなのがあり……高校時代から、俺は彼女には弱かった。

　言いようのない圧に負けて、俺は笠原が確保していた食堂の窓際《まどぎわ》、長テーブルの端の席を借りることが出来た。隣には笠原が座った。向かいの席には、可愛らしいリュックサックやトートバックが置いてあった。

「こっちは友達が座るんだ。ごめんね」

「謝る必要ないだろ。お前は俺に、席を分け与えてくれたんだから」

「アハハ。その感じ、なんだか懐《なつ》かしいね」

「そうかい」

俺は目を細めて、続けた。

「……改めて、久しぶりだな。笠原」

「うん。久しぶり」

笠原は屈託なく笑っていた。

「山本君、あたしのこと避けてたでしょ？」

その屈託のない笑みで、笠原はいきなり爆弾を投下した。

なるべくしかめっ面《つら》は崩さないようにした。だけど、林が相手ならばれなくても、笠原には動揺がばれていたことだろう。

「特に話しかける用事がなかっただけだ」

「用事がないと話してくれないの？」

「俺はそういう人種だ。知ってるだろ？」

「まあね」

下を向いた笠原は、どこか寂《さび》しそうに見えた。

「……そ、そっちから俺に声をかければよかったんじゃないのか？」

「うん。だから今、ちゃんと声かけたじゃない」

「確かに」

「でしょ?」

納得……じゃ、なかった。いかんいかん。おっとりした笠原のペースに乗せられている。

「……席、ありがとう。感謝する」

「いいよ。山本君の役に立てたのならこれほど嬉しいことないよ」

いちいち、勘違いしそうになることを言いやがって……。

「で、用件はなんだ?」

「え?」

「え? じゃない。可愛らしく言えば誤魔化せると思ってるのか?」

俺はため息を吐《つ》いた。

「用件は?」

笠原は、催促する俺に一旦俯いてみせた。高校時代から、こいつの相談事に乗ることは度々《たびたび》あったが、どうやら深刻な話らしい。

「山本君は、メグ……林恵って覚えている?」

……まさかの名前だった。

「覚えている。お前たち、喧《やかま》しいくらい仲良かったからな」

「アハハ。喧しいって……。まあ、そうだね」

笠原は、顔を上げた。

「山本君はさ、大学進学のために、メグも上京してきたこと知ってる？」

「ああ」

「……山本君、どっかでメグを見たりしなかった？」

……どっかで見たことがあるも何も、林は今、俺の家にいるぞ。

そう言いかけて、俺は留《とど》まった。

……真意を図りかねていた。どうして今、笠原が俺にこんな問いかけをしたのかを。

心配だった。笠原に全てを伝えて、林の元恋人に、林の居場所がばれることはないだろうか、と。

林と、林の元恋人は、一体どこで出会ったのだろう？　ＳＮＳやマッチングアプリ経由《けいゆ》？　共通の知人の紹介？

笠原に事情を話して、本当に大丈夫なのだろうか？

つまるところ俺は、臆病風《おくびょうかぜ》に吹かれていた。昨日までは、俺は笠原に話しかけるチャンスがあれば、すぐに声をかけるつもりだった。そして、林に元恋人を告発するように説得してもらうつもりだった。

だけど、俺からではなく、笠原から林の話題を出されたせいで、俺は考え込んでしまった。

もし……。

もし、笠原経由で林と元恋人が出会ったのだとしたら。

もし、笠原が俺にこんなことを聞くのが、林の元恋人に林のことを探すよう頼まれたからだとしたら。

そんな悪い予想が頭をよぎって、言いよどんでしまったのだ。

「山本君？」

どうやら俺は今、随分《ずいぶん》と渋い顔をしていたようだ。

こちらの顔を覗《のぞ》いてくる笠原にビクッと体を揺すって反応し、俺は目を伏せた。

口の中が異常に渇いていることがわかった。

まるで、学校で犯した粗相を教員に叱《しか》られるような、そんな気分だった。

言うべきか。

言わないべきか。

悩んだ末、俺が顔を上げた、その時……。

「あれ、灯里ちゃん。そっちの人は？」

結局俺は、目の前にぶら下がる選択肢のどちらも選ぶことが出来なかった。

笠原の友達が、俺たちの会話に介入してきたから。

いいや、それは言い訳だろう。結局悪いのは、直前になって臆病風に吹かれて尻込みした俺自身だ。

「あ、入江《いりえ》ちゃん」

「もう、この時間の食堂、混んでてすっごい嫌。それで、そっちの人は？」

「……あー、山本君」

「へえ、知り合い？」

「彼氏だよ」

「……悪趣味なジョークを言うもんだ」

笠原は俺を見ようともしなかった。

「へー、そういえば、フランス語の講義で見たことある」

俺は君を見たことないけどな。ただ、笠原と仲が良さそうな感じからして、笠原のそばで講義を聞いていたんだろう。

「あー、そういえば君、フランス語の講義の小テストでいつも満点で先生に褒《ほ》められている人じゃん」

「ああ、そうだな」

これはまごうことなき自慢だが、俺は頭がいい。フランス語の小テストの件以外にも、勉強に関して講師陣に褒められた回数は非常に多い。

「えー、すごい。これから時間ある？　勉強教えてよー！」

「うおっ」

笠原の友達は、お盆を置き、笠原と俺の間に割り込んできた。

甘い香りが漂ってきた。左腕にも柔らかい感触が当たっている。というか、よく見たら押しつけてきていないか？　この女。

「入江ちゃん。それは無理だよ」

「え？」

「だって山本君、三限目も講義あるもん」

……どうしてそれを、笠原が？

「そうなの？」

上目遣《うわめづか》いで、笠原の友達に顔を覗かれた。

「そうだよ」

返事をしたのは、俺ではなく笠原だった。

「ね？」

笠原の言葉には、有無を言わさぬ迫力があった。

「おう」

まあ、嘘ではない。

俺は頷《うなず》いた。

「そっかー。残念。じゃあ、とりあえずお昼は一緒に食べようよ」

「……ああ」

入江さんとやらは、笠原の向かいの席に腰かけた。

それから俺たちは、三人で昼食を食べ始めた。

「えー、山本君料理も出来るの？　すっごーい」

「料理なんて出来たんだ。なんだか、凄《すご》く家庭的なお弁当だね」

「……まあな」

林の存在を伝えるわけにもいかず、俺は曖昧《あいまい》な返事をした。

昼食後、俺は悶々とした気分で笠原たちと別れて講義棟へと向かった。

……結局、笠原に林のこと、相談出来なかったな。あれだけ、林の問題は早期に解決させるべきだと思っていたのに。直前で思い留まってしまうだなんて。

いや、最悪の事態を想定するのなら、やはりあの場で笠原に林のことを相談しなかったことは正解だったと思う。

無念を悔いても仕方がない。今は、次にリスクなく円滑《えんかつ》に笠原を頼れるような状況をどうやって作るか。それを考えるべきだ。

講義は終わり、俺は帰路についた。

アパートにはすぐに到着した。

「ただいま」

「おかえり」

林は既に、夕飯の調理を始めていた。香ばしい匂いが、鼻腔《びこう》をくすぐる。

……次の機会に、リスクなく円滑に笠原を頼る方法。

帰宅途中、ずっとそれを考えてきたが、浮かんできた解決策はシンプルかつ手っ取り早いものだった。

俺の考えた解決策。

それは……林に全てを話して、林と元恋人が出会ったきっかけや、笠原と元恋人に繋がりがあるかを教えてもらう。

そんな、簡単なことだった。

廊下にあるキッチン。

野菜を炒める音。

「なあ、林」

俺は調理中の林を呼んだ。

善は急げ。早速、林に相談しようと考えていた。

コンロの火を止めて……。

林はゆっくりとこちらを振り向いた。

笑顔。

しかし一瞬でそれが歪《ゆが》み、林は俺を睨《にら》みつけた。

……一体、どうして。

どうして林は、今俺を睨んでいるのだろう？

今朝までは、俺たちの関係性は変わりつつあったはずだ。高校時代の一触即発の危うさも鳴りを潜《ひそ》め、友好的な間柄を築きつつあったはずなんだ。

なのに……どうして。

どうして、林は今、俺を敵視するように、睨みつけてくるのだろう？

フライパンの上では、林が俺のために作ってくれていたチャーハンがあった。

そういえば今晩は、林は俺のため、豪勢な料理を振る舞ってくれるはずだった。

今朝、そんなことを照れくさそうに言った林の姿は、今はない。

「……林？」

「あんた、今日女の子と会った？」

冷たい声だった。

まるで、浮気を咎《とが》める妻のような……そんな声だ。

しかし、濡れ衣《ぎぬ》だ。

俺は今日、別に女性とは会ってはいない。そもそも、こいつはどうして今、俺が女の子と会ったなんて思ったんだ。

……いや、違う。

そういえば今日、俺は女子に会っている。

笠原と、そしてその友人の入江とやらの二人にだ。

大学で女子と話す機会に恵まれてこなかったから、すっかり忘れていた。

……そういえば、入江とやらにはベタベタとボディタッチもされた。彼女からは香水の匂いも漂っていた。

……もしかして、香水の匂いが移ったのか？

「図星なんだ」

林は、俺を責めるように言った。

「ああ、確かに会ったな。それがどうした？」

しかし、俺からすればそれは、なんら疚《やま》しいことのない行動だと思った。

「なんで」

「あん？」

「なんで……女の子なんかと会うのよ」

しかし、林は俺を問い詰めてくる。

俺が女子と会った理由。

それは、林の問題を解決するため。……なのだが、水面下での行動故《ゆえ》にそれは言えない。余計に反感を買う恐れがある。

さて、では今この場で、俺は林になんて答えればいいのだろう？

少し考えて、俺は思い至った。

……そもそも。

そもそもの話だ。

「なんで俺、お前に咎め立てされないといけないんだ？」

臆することなく、俺は言った。

……だって。

だって、そもそも……。

「そもそも俺たち、別に恋人ってわけじゃないじゃないか」

そもそも、恋人でもない林に、俺が女子と会ったことを咎める権利はない。

そもそも、恋人でもない林に、俺が女子と会った理由を説明する必要もない。

だから、俺はそう言った。

「……そっか」

「ああ」

俺たちは恋人ではない。

だから、それで問題ないと思っていた。

この答えで、一切……。なんら、問題ないと思っていたんだ。

しかし、

「そもそも、おかしな話だったんだよ」

林はそうではなかったようだ。

「あんたの言う通り、あたしたちは恋人同士じゃない。なのに、あたしはこの家にいる。それがおかしな話だったんだよ」

「は？」

……なんでそうなる。

「おい、林……っ」

「触らないでっ！」

俺が伸ばした手を、林は撥《は》ね除《の》けた。

明確な敵意。

明確な拒絶。

林は、嗚咽《おえつ》を漏らしながら玄関に向かい、扉を開いてそのまま走り出した。

部屋着で……。

靴も履かず……。

アパートの廊下を走り去る音が響いてしばらくして、ようやく俺は冷静になった。

「待てっ！　林っ！」

しかし再び、俺は冷静ではいられなくなり、鍵も掛けずに家を飛び出した。
林の姿は、もう見えなかった。

第七章　助けを求める女王様

CHAPTER 7

すっかり日が落ちた夜道。一定間隔で続く街灯の下をあたしは走った。山本《やまもと》の家を飛び出して、たどり着いた先は閑静《かんせい》な住宅街。時間帯もあるのか、人気《ひとけ》はあまりなかった。

ハアハアと息を乱しながら、あたしは必死に走っていた。まるで、何かから逃げるかのように、あたしは走り続けていた。時折背後を振り返っては、足を止めることなく走り続けて、限界を迎えた時、あたしは思ったのだ。

一体、あたしは何をやっているのだろう、と。

高校以来、久しく運動をしていなかったせいで衰《おとろ》えた体力。笑う膝《ひざ》を押さえながら、あたしは肩で息をした。

大きく息を吸って、吐いて……熱帯夜のせいでかいた大粒の汗が額《ひたい》から零《こぼ》れ落ちた時、あたしは靴下一枚で山本の家を飛び出していたことに気がついた。

アスファルトの上を走ったせいで、靴下には大きな穴が開いていた。

円形の街灯の明かりの下、あたしは惨《みじ》めな気持ちに陥《おち》って、下唇を噛んでいた。

どうして、こんなことをしてしまったのだろう……？

あの日、あたしは高校時代、最も嫌っていた男と再会を果たした。気《け》だるげなコンビニ店員と化していたあいつに声をかけたのは、地獄と呼ぶに相応《ふさわ》しいくらい悲惨な生活を、最も嫌っていた男の前で再認識して、自虐に浸《ひた》りたい気分だったからに他ならない。

もし、そんな気分でなかったら、きっとあたしは山本に声なんてかけなかっただろう。

全ては運命だったのかもしれない。

あの時、あたしの人生が高校時代とは真逆になってしまっていたことも。

あの時、あたしの気持ちが限界を迎えて、深夜に出歩いていたことも。

あの時、あたしとあいつが再会を果たしたことも。

もしかしたら全て……運命だったのかもしれない。

高校時代、あたしはあいつのことが嫌いだった。発言は適当だし、空気も読めないし、態度も生意気だし。

でも、この五日間のあいつを見ていて、あたしは気づいた。

まあ、生意気なことは間違いない。いちいち角の立つ言い方をしてくるのはイラつくし、あたしが触れられたくないと思っていることにも平気で土足で踏み込んでくるし。

空気が読めないのもやっぱりその通り。こっちが傷ついた気分でいるのに、わざわざ俺たちは恋人じゃないだなんて、当たり前の事実を口にする必要ないじゃない。本当、腹が立って仕方がない。

……でも。

でも、あいつの発言が適当なんてことは本当は一切なかった。

『お前、ただ利用されているだけだぞ？』

だって、あいつの言葉はいつも的《まと》を射ている。

『失敗したって、人は死なない』

むかつくくらい、的を射ている。

……きっと、高校時代のあたしはあいつを嫌うあまり、目に映る都合のよい情報だけをふるい分けてきたんだろう。

あいつのいいところは見て見ぬ振りをしてきた。

あいつの悪いところにはことごとく目くじらを立ててきた。

だからあたしの中でのあいつの印象はすこぶる悪かった。あたしなんだ。生意気な態度を、相手に……あいつに示していたのは。

あたしの方なんだ。最低な人間は……。

……なのに。

なのに……っ。

そんなあたしを、あいつは匿《かくま》ってくれた。

あの人との生活に絶望し、逃げ場をなくしたあたしに手を差し伸べてくれた……。

あたしのために、お金を貸すことさえ厭《いと》わないと言ってくれた……っ。

『ハンバーグ、美味《うま》かったぞ』

あたしのご飯を、美味《おい》しいと言ってくれたっ！

……そんなあいつの手を。

山本の手を……、あたしは、撥《は》ね除《の》けてしまった。

どうして、こんなことになってしまったんだろう。

……あの時、山本の体から柑橘《かんきつ》系の香水の匂いが漂った際、胸の奥から湧き上がってきた感情は、上手《うま》く言語化出来ない。

独占欲。

嫉妬。

憎悪。

そういったものが渦巻いて、山本があたしたちの関係の客観的事実を口にして、あたしの中のそれらの感情が一気に爆発してしまった。

一過性の激情だった。

突発的な行動だった……。

だけど、山本の手を払い除けたあの行為はどう考えても、あたしのことを匿ってくれたあいつに対して恩を仇《あだ》で返す行為に他ならない。

どうして、あんな感情に囚《とら》われてしまったんだろう。

どうして、あんなにもムキになってしまったのだろう。

どうして、もっと自分の言葉を山本に伝えようとしなかったのだろう。

……あたしが高校時代に最も嫌っていた山本が、今日まであたしにしてくれていたように。

「これから、どうしよう……」

走ったせいで肺が痛い。

だけど、それ以上に途方もない孤独感に、あたしは襲われていた。

自らの勝手な行動が招いた結果とはいえ、あたしは山本の部屋を飛び出してしまった。

あんなにも好意的に、あんなにも献身的に、あんなにも優しくしてくれた山本の手を撥ねつけ、家を飛び出してしまった。

今頃、山本は何をしているだろう。

怒っているだろうか。

厄介者が出ていって清々しているだろうか。

あたしだったら、きっと後者。今のあたしは何もない。学も、お金も、何もない。それどころか、元彼と揉《も》めているという特大の地雷持ちだ。

あたしだったら、そんな相手のことを匿いたいだなんて思わないし、関わるのも絶対に嫌だ。

でも、あいつはそんな腫《は》れ物のあたしに手を差し伸べてくれた。

この五日の間に、あたしは一体、どれだけあいつに迷惑をかけてきた？　どれだけあいつに助けてもらってきた？

あたしのしたことは、これまでの全てを台無しにする愚かな行為だ。

手が震えてきた。これは、久しぶりに激しい運動したことに起因する震えではない。

これは、恐怖。

もう名前も口にしたくないあの人に殴られる直前も、こんな感じによく手が震えた。

あたしは今、怖がっていた。恐れていた。

山本に嫌われる。そう思うのが怖かった。高校時代、一方的に嫌っていた相手に抱《いだ》くには身勝手な感情だ。だけど今、あたしはあいつに嫌われるのが嫌で嫌で……怖くて、震えていた。

どうしよう。

どうすればいい……？

わからない。

わからないよ……。

助けてよ、山本。

自分でもびっくりだった。

まさか、山本に助けを求める日が来るだなんて。

でも、なんだか確信めいていた気持ちがあったことも事実だ。

山本だったら。

山本だったらきっと……あたしを助けてくれる。

あの日、気だるげな態度でアルバイトをこなす合間に交わした会話がきっかけで、あいつはあたしにウチに泊まれと言ってくれた。

　あの直前までのあたしの人生は暗黒だった。周りには一筋の光もなく、足元は泥沼で、屍《しかばね》があたしを摑んで地獄の奥底に引きずりこもうとしてくるような、そんな闇の中だった。

　それを晴らしてくれたのは……暗黒の世界に、灯火《ともしび》を点《とも》してくれたのは。

　他でもない、山本だったんだ。

　きっと、山本なら助けてくれる。

　息を切らしたあたしを見つけて、何やってんだと軽く怒って、そうして仕方ないなと呆《あき》れて、最後には嫌がるあたしを正論で黙らせて部屋に連れ帰ってくれるんだ。

　この五日間のように。

　愚かな行為をしたあたしに。

　失態を犯したあたしに。

　正しさを突きつけて、あたしに道しるべを示して、あたしを救ってくれるんだ。

　足音が聞こえてきた。

　スニーカーではない。

　サンダルでもない。

　革靴の音だ。

　山本の家の玄関で、あたしはあいつがよく履《は》く靴が、革靴であることを知っていた。凝《こ》り性《しょう》なあいつは、手入れの面倒な革靴をよく好んで履いていた。

少し考えたらわかるはずなんだ。革靴の音がしたとして、それが山本であるとは限らない。

この国。この都会。この街で、革靴を日常的に履く人間が、一体どれだけいるだろうか。

山本は、そんな人間の一人。たくさんの中の一人。

きっと、そうだったらいいなと思っていたんだ。

この革靴の音を鳴らす人が、山本だったらいいなって、そう思っていたんだ。

願望が、希望にすり替わり、そうしてあたしは絶望する。

「メグ？」

聞き覚えのある声だった。だけど、思い出したくもない声だった。

そうに違いないと確信しながら、あたしは、そうじゃなければいいな、とそんなことを考えていた。

振り返るのが怖かった。

だけど、もう振り返るしかないのはわかっていた。

ゆっくりと、あたしは革靴の音のした、背後を振り返る。

そこにいたのは……。

「メグ……？　本当に、メグなの？」

誠実そうな声。皺《しわ》のないワイシャツ。七三に分けられた髪。

そういえば、あたしは思い出す。

この人もまた、山本のように、仕事に行くため毎日革靴を履いていた。

「誠司《せいじ》さん」

彼の名前は、内海《うつみ》誠司。あたしの元恋人で、あたしに暴力を振るってきた……張本人だ。

◇◇◇

高校を卒業して二ヶ月後、あたしは当時大学で所属していたサークルの女友達に誘われて合コンに参加した。そういう場に参加するの自体は珍しいことではなかった。特に大学生になって上京し、親元を離れて以降は自由な時間も多くなり、そんな機会は増える一方だった。

そのサークルの女友達が幹事を務める合コンに参加するのも、その日が初めてではなく、都合三度目だった。その日、合コンに参加する女子は皆、メイクに時間をかけたり、あざとい服を着たり、いつもよりも気合いが入っていた。

聞けば、その日の合コン相手の男性陣はメガバンクの銀行員ばかりらしく、玉の輿《こし》を狙う女の子たちは目の色を変えていたのだ。

そんなことはどうでもいいあたしにとって、この日の合コンもただの友達付き合いの一環でしかなかった。

合コンの場では以前から、いろんな人にひっきりなしに声をかけられた。その友達曰《いわ》く、あたしが参加すると聞くだけで、相手側の方も気合いを入れたメンツを揃《そろ》えるのだそうだ。それでいてあたしは特別、男にがっつくなんてこともないから、飲みの場の空気を壊すような真似をしないため、女子メンバーからの受けも良かった。

個人的には、結局体《てい》よく扱われるこの状況に嫌気が差していたが、仲のいい友達のいないこの東京の地では、そんな女子たちでさえ貴重なコミュニケーション相手だったのだ。

仕方ないと思いながら、あたしはその合コンの場に臨《のぞ》んだ。

連れていかれた場所は、騒がしいチェーンの居酒屋ではなく、個人経営のこじゃれた居酒屋だった。

お店に入ると、店内は少し薄暗い完全個室。ただ、その辺の居酒屋と違ってどこか気品があって、料理の値段も少し高めに設定されていることから、あたしの中ではその時点で今回の合コンの印象が良いものへと変わりつつあった。

掘りごたつの個室に通され、あたしたちは一列に腰を下ろして、後から遅れてやってきた男性陣は向かいに座った。

「あとで座席は自由になるから」

女友達が、あたしに耳打ちをしてそんなことを教えてくれた。

どうでもいい。

その時のあたしは、そう思っていた。

合コン出席者が揃い、和気藹々《わきあいあい》とした雰囲気の中、あたしたちは自己紹介をしていくことになった。

「内海誠司です」

その中の一人に、彼はいた。

この時のあたしは、今後、彼と交際を始めることも、まして同棲することも、まったく想像してもいなかった。

誠司さんへ抱いた最初のイメージは爽《さわ》やかな好青年だった。童顔で人当たりも良くて、真面目《まじめ》そうな。言ってしまえば、普通。人畜無害の小市民だと思っていた。

高校時代のあたしは、嫌いだと思った相手には一方的に、そして徹底的に忌避《きひ》する傾向があったと自分でも思う。その最たる例が山本だ。

ただ、そんなあたしでも、誰彼構わず相手を嫌うようなことはない。初対面の印象だとか、あたしの気分を害するような言動を見せるだとか。そういう嫌われる要素の積み重ねがあったからこそ、相手を嫌うことになるのだ。

後々、誠司さんには思い出したくもないような仕打ちを受けることになる。それなのにもかかわらず、あたしの中での誠司さんへの印象は、好印象からスタートした。それはやはり、合コンの時に出会った誠司さんから発せられるオーラが、言葉遣《づか》いが、そうして態度が、柔らかで、好ましく感じられたからに他ならない。

最初は、優しい人だった。

あたしたちは、周囲からの「お前たちはくっつけよ」という空気に流され、とりあえず連絡先だけでも交換することになった。

意外にも、合コン後、最初に連絡をしたのはあたしのほうからだった。特別な理由はない。なんとなく、誰かと遊びたいと思った時、通話アプリを開き、表示の一番下から二番目に誠司さんの名前を見つけて、思ったのだ。

あの日の合コンは、相手が社会人ということもあって、豪勢な会となった。銀行マンの何人かは、自《みず》らの羽振りの良さを得意げに語っていた。そんな自慢話しか能がない姿は滑稽《こっけい》だと思ったが、彼らがお金を持っていることは事実。そして、それは誠司さんにも当てはまることだと気づいたのだ。

お金を持っている彼なら、今のあたしの当たり前とは少し違う時間を味わわせてくれるかもしれない。誤解されたくないから言うが、あたしは別に、誠司さんの財布の中身を当てにしてあれこれねだってやろうと思っていたわけではない。事実、同棲するまでの間のデート代は、いつも割り勘だった。

あたしが思ったことはただ……お金を持っているからこそ、彼はあたしの知らない世界を知っている。そういうものだ。実りある人生を送りたい。そんなことは誰もが思っているだろうけれど、結局その人の生活水準は、その人の懐《ふところ》具合に左右される。

高校時代、あたしは実家での生活が嫌だった。父親は厳格で口うるさく、時代遅れの門限を強《し》いるような人だった。門限を過ぎて帰れば怒り、もっとしっかりしろとあたしを叱《しか》る。

そんな父のことが、あたしは大嫌いだった。

大学進学で上京することを父に告げる前に、あたしは母を味方につけることにした。そうして外堀を埋めて、父の前に立ち……結果は大喧嘩。

何とか東京の大学への進学の許可はもらえたが、学費以外の金は渡さない。そこだけは譲歩してくれなかった。

それでも、構わないと高校時代のあたしは思っていた。父のことが嫌いすぎて、父から離れられるならそれでいいと思っていた。

大学に入学すると、自由な時間が増えた。父からの束縛が減ったんだ。当然だ。

ただ同時に、アルバイトを週五でしないと家計が回せない程度には、金銭事情での悩み事も増えたのだった。

だから思ったんだ。

あたしは、あたしよりお金持ちの誠司さんがどんな生活を送っているか。どんな世界を見ているか。興味があった。

初デートの時、彼はセダンの車に乗ってきて、あたしをドライブデートに連れていってくれた。山を昇り、ダムへ行き、放水音を聞きながら、自然豊かな景色に胸を打たれたことを今でも覚えている。

彼への好意があったかといえば、そういうわけではない。

でも、彼と過ごす時間は嫌いではなかった。それは、自分が知らない世界に飛び込めている新鮮さがあったから。

誠司さんは車が好きだった。デートの移動には、決まってあたしを彼のセダンの助手席に座らせた。

「たまには車以外でどっか行こうよ」

彼の車の助手席で、度々《たびたび》あたしは不機嫌になっていた。

あたしは車が好きではなかった。あたしの母は、車の免許を持っていない。なので、あたしの中で車の運転役といえば、父だった。車と父はワンセットのイメージになっていた。

だから、車に乗っているだけで、父のあの、人を突き放すような言動の数々を思い出すのだ。

そういうわけで、あたしは車が好きではなかった。

「ごめんね。僕、電車に乗ると酔っちゃうんだよ」

「いつも電車通勤でしょ」

「……もう少しで着くから、我慢しておくれよ」

乗ってしまった以上、目的地までは我慢するしかなく、あたしは結局諦《あきら》めて車窓からの景色に見入る。それがお決まりパターンだった。

誠司さんは学生時代、ジャズサークルに入っていたそうだ。だからか、車移動の際には決まってジャズを流す。よくわからないけど心を落ち着かせる効果のありそうな音楽を聴きながら、あたしは外を見ていた。

その日、あたしたちは二人で熱海《あたみ》観光をする予定で、海沿いの道路を車は走っていた。車窓から見える景色は……青い海に、白い波。遠くには漁船が浮かんでいて、手前では釣り人が目当ての魚を求めてのんびりと海を眺めていた。

まるで、ドラマのような穏やかな情景だった。

懐事情の厳しいあたしでは、とても体験出来ないような、そんな昼下がりだったのだ。

この人に付いていけば、あたしはこんな生活を送れるようになるのか。

それが、彼に抱いた好意以外の感情。

付き合ったきっかけは、どちらからでもない。ただ、雰囲気であたしたちは交際を始めていた。始めたことになっていた。

「メグ、ウチで一緒に暮らしてくれない？」

しかし、同棲はキチンと言葉で約束した行為だ。

その返事をする時、あたしの中に邪《よこしま》な感情が一切なかったかというと、そんなことはない。

彼と結ばれることで、あたしの人生は豊かになる。金に目が眩《くら》んだ、と言われれば、それまで

たんだ。

「メグさ、なんで夕飯にスーパーの惣菜《そうざい》なんて出すんだよ。センスないよね」

だから多分、バチが当たったんだ。

彼の好意に付け込んだから。特別な想いもなく、彼と結ばれようとしたから、バチが当たったのかもしれない。

彼の当たりが強くなったのは、同棲して一週間後。ちょうど、もともと住んでいたアパートから退去し、荷物を彼の家に移した、そんな時だった。

彼の言い分はこうだ。仕事で忙しい自分とは違い、あたしは一日中家でごろごろしているのだから、夕飯くらい手抜きせず、キチンと作れ。

同棲直前、あたしは彼に、料理が出来ないことをちゃんと伝えていたが、そんなことはとっくに忘れてしまったらしい。

最初はあたしも、反抗的に口答えをした。毎日毎日、二週間くらいは口論が絶えなかった。

彼があたしに手を出したのは、激化する口論で、引っ込みがつかなくなった頃だ。

初めて殴られた時、あたしは彼を睨《にら》みつけた。

誠司さんは最初、罪悪感からか顔を真っ青にさせていた。

しかし、すぐに気づいたようだった。

生意気な発言を繰り返す男勝りなあたしだが、当然、力では大人の男である誠司さんには歯が立たないということに。

気に入らないことがあれば殴る。

口答えをしたら蹴る。

昼になれば青あざが出来た場所にシップを貼り、夜になればまた殴られる。

「もうこんな家出ていくっ！」

そう勢いで言ったことも数知れない。しかし、実行に移せたためしはない。

そう言った途端、彼は悲しそうにあたしに謝罪を繰り返す。そして、しばらくは誠司さんもあたしへの暴力を控える。

ただ、思えばそこで彼のもとを去らなかったから、彼が増長して一層激しい暴力をあたしに振るうようになったんだろう。

暴力は激化する。家出すると脅《おど》す作戦も効き目が薄れてきた。

それでもあたしは、誠司さんのもとを去らなかった。

前の部屋を引き払い、誠司さんと同棲することを告げた結果、親に勘当され、友達との関係も断たれ、行き場を失っていたこともある。

「メグ、最近料理上手になったよね。はじめは食べられたもんじゃなかったけど」

時折そういって褒《ほ》められることが嬉しかったから、あの場に留《とど》まった。それもまた事実。

だけど、あたしは気づくのだった。

あたしは自分の人生が豊かになると思ったから彼との同棲を決めた。なのに今、あたしの人生は、豊かなものとは程遠い。

彼のおかげ……彼のせいで、家事のスキルは一通り身についた。だけど、自由に使えるお金はないし、精神的、肉体的な苦痛も当たり前になってしまった。

こんな生活、いつまで続ければいいんだろう。

誠司さんは、週に一日、土曜日だけ休日出勤で深夜帰宅になる。だから土曜日は、あたしの唯一《ゆいいつ》の安息の日。

日中、ベランダから、誠司さんの車がない駐車場を見ていると、不思議と心が落ち着いた。

だけど、深夜に近づくにしたがって、自分でも時計をチラ見する回数が増えてしまうのは止めようがなかった。

心臓がドクンドクンと高鳴る。

手足は冷たく、立ち上がろうとするだけで小刻みに震えた。

あたしは気づいた。

……限界だ。もう、限界だ。

フラフラと家を出た。向かう先はない。彼が帰ってこないから、面倒くさくて夕飯は食べていない。だから、少し小腹が空《す》いた。

当てもなく歩いて、たどり着いた先は来たことのないコンビニ。夜食でも買って帰ろうと思って、あたしは店内を物色した。

帰る場所なんてないっていうのに。

限界を迎えていることには気づいた。なのにあたしは結局、あの家に、戻ろうと考えていた。

「あれ、山本?」

そして、あたしはコンビニで山本との再会を果たした。

第八章　決断する女王様

CHAPTER 8

う。

「メグ、今までどこに行ってたの？」

誠司《せいじ》さんは怒りを抑えながら言った。

一月《ひとつき》程度の同棲生活の末、あたしは彼の外面《そとづら》の良さを知った。その辺が今も出ているんだろう。

「いや、いいさ。こうやって見つかったんだから。心配したんだよ、メグ」

あたしが誠司さんの家を飛び出したのは五日前。土曜日。おおよそ一週間ぶりの再会に、誠司さんは喜んでいるように見えた。

……そうか。あたしとの再会を喜んでいてくれるのか。あたしの中に、明確な罪悪感が芽生えていた。

どういう顔で、誠司さんと向き合っていいかわからない。あたしは気づけば、目を逸《そ》らすように俯《うつむ》いていた。

「……ごめん」

あたしは謝罪の言葉を口にした。同棲していた際、あれほど誠司さんには殴られ、蹴られ、それこそ山本《やまもと》が言っていたように、追い込まれて支配をされていたというのに。どうしてこんなに畏縮《いしゆく》してしまうんだろう。

これでも初めの頃は、誠司さんに対して口論をするくらいの元気はあった。だけど、彼の言動を聞いているうちに、全ては彼の言う通りなのではと錯覚しかける時もあった。そんな毎日を繰り返す間に、自《みずか》らの尊厳のため、さっさと誠司さんに謝ってしまうのが癖《くせ》になりつつあった。

「まあ、いいさ。帰ろう」

「……帰る？」

「そうだ。帰ろう。何おかしな顔をしているのさ。君には帰る場所なんて、僕の家くらいしかないだろう？」

誠司さんは不服そうな顔で言った。確かにその通りだ。だけど、もっと言い方ってものがあるだろう。少し苛立《いらだ》った。

だけど、彼の前から勝手に消えたあたしに、苛立つ資格はないんだろう。

多少でも勝手に誠司さんの家を去ったことに負い目を感じているのならば……。

「帰ろう、メグ」

その誠司さんの言葉を受け入れたら、どうなるかは明白だ。多分、また殴られ、蹴られ、今度こそ彼のもとから逃げられないよう徹底的に支配されるんだろう。

一体、どうしてこうなってしまったんだろう。

……あたしって、本当バカだ。

結局いつも、ないものねだりをしているだけ。高校時代も、大学に通っていた時も、誠司さんと同棲していた間も。目の前にある何かにいちゃもんをつけて、堪《こら》えることもせずに逃げ出そうとして、そんな行き当たりばったりなことをしているから、今のこんな状況に陥《おちい》っているんだ。

……でも、仕方がないよ。

誠司さんにも、今しがた言われたばかりだった。

あたしには、帰る場所なんてない、と。

誠司さんの言いたいこともわかる。何もないあたしを養ってやるのだから、文句ぐらい言わせろと思うのは当然だ。

だから、仕方ない。

仕方ないんだよ……。

……そう、思おうとした時だった。

『だってお前、掃除以外の家事、全部やってくれるんだろ？』

そんな何もないあたしに、価値を見出《みいだ》してくれた人がいたことを思い出したのは。

その人のことは、高校時代はずっと嫌いだった。細かいし、我《が》が強いし、何考えているかもよくわからないし。

……大嫌いだった。

『俺たち、別に恋人ってわけじゃないじゃないか』

……大嫌いだった、のに。

『失敗したって、人は死なない』

気づけばあたしは……。

『お前の作ってくれたものなら、何でもいいぞ』

あたしは……。

『触らないでっ』

ああ、そうか。

どうしてさっき、山本の手を撥《は》ね除《の》けてしまったのか。

どうしてさっき、山本に他の女の子の気配を感じただけで、頭に来たのか。

高校時代、山本のことが大嫌いだった。細かいし、我が強いし、何考えているかもよくわからないし。

『何かあってからじゃ、遅いんだぞ』

絶対に譲らないし。

『……よく頑張ったな』

あたしなんかに優しくするし……。

高校時代、あいつのことが嫌いだった。

なのに……。

なのにっ。

……居心地が良かったんだ。

高校時代は、口うるさい父がうざくて。

大学時代は、お金がなくて楽しくなくて。

誠司さんと同棲していた一月《ひとつき》の間のことは、思い出したくもなくて。

ないものねだりばかりしていたあたしの人生。あたしはずっとつまらなかった。

初めてだった。

初めてだったんだ……。

山本のことは高校時代嫌いだった。……大嫌いだった。

再会したあいつのこと、あたしは最初高校時代から変わったんだと思った。丸くなったなと思ったんだ。

だけど違う。

五日間だけだけど、一緒に暮らしたからわかる。

山本は、何も変わってない。

高校時代から、何も変わってない。

細かくて、我が強くて、でも、少しだけ何を考えているかはわかるようになった気がする。

あいつは言っていた。再会して二日目の朝、はっきりと、あいつらしい捻《ひね》くれた前置きをして、言っていた。

『俺は困難な状況のお前を助けたい』
あいつのことが嫌いだった。
細かくて、我が強くて、何考えているかわからなくて……。
違ったんだ。
あたしが目を逸らそうとしていただけなんだ。
あいつは、細かいけど、我が強いけど、捻くれているけれど……っ！

『だって、そのために俺がいるんだろう？』

でも、誰よりも他人本位に生きている！
……世界を救おうとする勇者のように、誰かのために勇敢に立ち向かっていける！
あたしにはないものを、たくさん……いっぱい、持っている。
居心地が良かった。
そんな勇敢な山本に守られて、一緒に生活をしている時間は。
あたしの人生で初めて……居心地がいい時間だったんだ。
だから、山本に他の女の子の影を見た際には怒りに駆られた。
守ってくれると言ったのに。

助けてくれると言ったのに……っ。

救ってくれると言ったのにっ！。

あたしを捨てて、誰かと幸せになろうとする山本に、裏切られたと……絶対に感じてはいけない怒りを覚えた。

『お前、今日ウチに泊まれ』

山本が差し伸べてくれた手を、払い除けてしまった。

……わかってる。

もう、山本はあたしを助けてくれない。

あたしがしたことは、山本の恩を仇《あだ》で返す行為。あたしのしたことこそが、山本に対する裏切り行為。

きっと……もう。

山本は、あたしを追ってはこない。

あたしのあの、かけがえのない尊い時間は……あたしが自ら捨ててしまった。

……もし。

もし、今のこの状況、山本があたしの相談に乗ってくれたとしたなら……。

そんなことはありえない。わかってる。わかっている。……だけどもし、山本がまだあたしを救ってくれようとするのなら。

山本はあたしに、なんて言ってくれるのだろう？

バカな奴と嘲笑《ちょうしょう》するだろうか。

あいつはきっと、そんなことはしない。

お前を守ってやるといきり立つだろうか。

それもきっと、あいつはしない。

あいつはもっと……。

……もっと。

ああ、わかった。

きっとこう言う。

あいつはこう言う。

深刻な顔で俯くあたしを前に、あいつは少し黙るのだ。そうして、考えがまとまったあたりで息を吐いて、そうしてきっと……。

『お前はどうしたいんだ？』

山本はきっとこう言う。

山本なら、あたしに正解でも、間違いでもなく……。

『最終的に答えを導くのはお前自身だ』

あたしの想いを聞くに違いない。

『お前が決断しなけりゃ、全て意味がない』

あいつはいつも、最後にはあたしの意志を尊重した。

……山本の言葉を借りるなら、きっと今。

今なんだ。

『一番大切なことは、マインドを変えられるような体験をすること。そんな体験をするには、まず物事から逃げず、まっすぐ見据えて戦うことが必要だと俺は思っている』

人生をより良いものにしたいとしても、二周目なんて必要ない。

マインドを変えられる体験に出くわせば、そこで逃げず、見据えられればきっと……。

きっと！

あたしがマインドを変える時は、きっと今。

今なんだ……。

山本はよくこうも言っていた。

『人ってのは結局、自分本位な生き物なんだってことだ』

自分本位。

山本はいつかあたしのことを他人本位だって評してくれたけれど。あたしは一度も、自分が他人本位な人間だと思ったことはない。

だけど、人として最低限の品性は満たそうとは考えている。

それがどんなことかって、簡単なことだ。

人のことを殴らない。蹴らない。

いくら、機嫌が悪いからって。

そんなことは絶対にしない……。

口論はするけれど、それでも一方的な感情で逆恨みし、他人を追い込むような真似をしたこと、あたしは一度だってありはしない。

……その点、彼は。

『お前、ただ利用されているだけだぞ？』

「……あはは」

乾いた笑みがこぼれた。

「メグ、どうしたの？」

「……今、本当の意味でわかったんだ」

あの時、山本が言っていた言葉の意味。

あたしがただ利用されているだけ。殴られ、蹴られ、屈服させられ、束縛され、逃げ道を塞《ふさ》がれ、依存するように仕組まれ。

言葉にされ、わかっていたつもりだった。

だけど結局、山本に言われた時、あたしは本当の意味であたしが陥っていた現状を理解しようとしていなかった。

だけど今、逃げずに向き合ったから、ようやくわかった。

「……誠司さん」

「何？」

「あたしは、アンタのとこになんて帰らない」

「……え？」

「アンタと一緒に地獄に堕《お》ちるのなんて、まっぴらごめんって言ってんの」

「メ、メグ……？」

五歳は上の誠司さんの今の言葉遣い。可愛げがあるだなんて思った時もあるけれど、本性を知った今は、ひどく不快だった。

「……警察沙汰《ざた》にはしないであげる。だから、あたしの目の前から今すぐ消えて」

「ま、待ってよメグ。意味がわからないよ！」

「わからない？」

気づけば、手が震えていた。

あれだけ殴って。

あれだけ蹴って。

あたしを支配して……っ！

……わからない？

その程度の存在だったんだ。

結局、彼にとってあたしは、一顧《いっこ》だにする価値もない程度の存在だったんだ。

「アンタにされた仕打ちでこっちがどれほど苦しんだか！　アンタはわからないって言うの!?」

真夏の夜道、あたしの声はよく響いた。

だけど、頭に血が上っているあたしには、そんなことは最早どうでも良かった。目の前にいるこの男がただ、憎くて憎くて、仕方なかった。

「……僕が君を傷つけたのなら、ごめん」

「ごめん？　謝ったの？　何に対して謝ったのよ」

「それは、殴ったこと。ごめん。時々どうしてもむしゃくしゃして、君に当たっちゃった。本当にごめん」

「時々？　毎日殴るのが、アンタにとっては時々なの？」

「……君だって悪いんじゃないのかな？」

「は？」

「君は全然、僕の言うことを聞いてくれなかった。だから僕だって、イライラしてしまったんだ。ほら、全部君のせいじゃないか！」

「あたしは必死にアンタの要求に応《こた》えてきた！　ご飯を作れと言われれば作るようにもした！

将来は専業主婦になれと言われたら大学も辞《や》めた！　一体、何が不満だったのよ！」

「でも、お金は一銭も家に落としてくれなかった」

確かにそれは、いつかこいつがあたしに要求してきたことだ。

「それに正直、君の料理、凄《すご》いまずかったよ。毎晩毎晩、本当に苦痛で、冷凍食品でも食べているほうがマシだと何度思ったことか」

「な……！」

寝る間も惜しんで、努力して、あんなに必死にやってきたのに……。

ショックだった。

ただ、ショックだった。

返す言葉が出てこない。代わりに、泣きそうだった。嗚咽《おえつ》を抑えるので限界だった。

「……で？　帰ってこないの？　別にいいよ。僕には他にも代わりはいる。でも、君には僕しかいないんじゃないの？」

「……え？」

「君には何もないじゃないか。金も。住む場所も。学歴も。言葉遣いもすぐに荒くなる。すぐにヒステリックになる。我慢出来るのは僕ぐらいだよって言ってるの。わかる？」

わからない。

こいつが……こいつが何を言っているか、まるでわからない。

そんなふうに思っていただなんて。

ここまで、軽んじられていただなんて。

声が出ない。

涙が溢《あふ》れた。

こんな奴に、尽くしてきた自分が恥ずかしくて……死にたかった。

「ほら、帰るぞ」

こいつは、動転するあたしの手首を力いっぱい摑んできた。痛いくらいに強く、摑んできた。

「帰るぞ、面倒見てやるって言ってんだ！　ほらっ、帰るぞっ！」

気は動転していた。

侮蔑《ぶべつ》もされ、今にもこの場でうずくまりたかった。

でも、譲ってはいけないことがあることもわかった。

「いやっ！　放して！」

このまま……このまま、こいつに付いていってはいけない。そうなればあたしはきっと……

もう、あたしでなくなってしまう。

「おい、暴れるな！」

「いやあああ！　放してっ！」

放して。

「助けてっ！」

助けて……。

助けてっ！

山本……っ！

暴れながら、わかっていた。

山本が、もうあたしを助けてくれることはない。さっきも思った。あたしはあいつの恩を仇で返した。そんなあたしに、あいつは裏切られたと思っただろう。

怒ったことだろう。

だから、きっと……。

でも、でも……っ。

……お願い。

「来いっ！」

グイッと、こいつがあたしの手を引いた。

あたしはバランスを崩して、ついつい足を動かしてしまった。

一歩。二歩。

抗《あらが》おうにも、やっぱり男の力には敵《かな》わない。

どうしても、敵わない。
非力な自分が憎らしい。
それ以上に、愚かな自分が……。
山本を裏切った自分が、憎らしい。
もうダメ。
もう、ダメだ……。
わかってる。
悪いのはあたし。あたし自身。
山本の協力を無下《むげ》にした、あたし自身なんだ。
あたしはついに観念した。諦《あきら》めた。
泣きながら、嗚咽を漏《も》らしながら……。
こいつに引かれて、歩き出した。
その時だった。
「おいっ、やめろよ！」
一人の男が、こいつの手首を摑んで叫んだのだ。
……その声は。
その人は……っ。

聞き覚えのある声。

もう一度、話したいと。

会いたいと……。

助けてほしいと……っ！

そう思った彼。

山本だった……。

「な、なんだよっ！」

こいつの声は、明らかに動転していた。

山本も、息を切らしていた。首筋には大粒の汗が垂れていた。

その山本の姿を見て、涙がまた滲《にじ》んだ。かいた汗に、荒れた息。

……ずっと探していてくれてたんだ。

あたしが家を飛び出してから。

……ずっと。

不意に、あたしは泣きそうになった。

「この人、嫌がっているじゃないか。犯罪行為を見逃すわけにはいかないだろ」

山本は、あたしと無関係を装《よそお》うように初対面のフリをしていた。

考えてみれば、今のこいつとあたしの状況は、赤の他人が口出ししてきてもおかしくないようなものだった。あくまで山本は、あたしたちのやりとりを見るに見かねて介入してきた一般人。それに扮《ふん》した。

さすが山本。状況が状況でも、冷静だ。

「……あ、ああ。ご心配をおかけしました。僕たち、恋人同士なんです」

「恋人同士?」

しかし、しまった。

山本とあたしがこの五日間一緒にいたという事情を説明しなければ、こいつがあたしにしてきた非道な行いの数々を山本もここで公《おおやけ》に出来ない。

「恋人、という割には彼女、嫌がっていたようだけど?　今だって泣いているじゃないか」

「こいつ、ヒステリックなところがあるんです。それで……お恥ずかしい」

そ、そんなの……こいつの出鱈目《でたらめ》だ。

山本、わかってくれるよね?

「それにしても、あなたも結構なことを言っていたように見受けられましたが?」

「ごめんなさい。いつものこととはいえ、さすがに耐え切れずに……」

山本はしばらく黙った。

そして、ふうとため息を吐《つ》いた。

「じゃあ、何です?　全てはただの痴話《ちわ》喧嘩、と?」

「はい」

「とても痴話喧嘩のようには聞こえなかったですけどね。殴られただの蹴られただの、物騒な言葉がたくさん聞こえてきましたが？」

「……部外者がこれ以上、僕たちの関係に首を突っ込まないでもらえますか？」

わかりやすく、こいつは顔を歪《ゆが》めた。

「部外者が口出しせざるを得ないような口論をこんな場所でしたのは、あなた方でしょ」

「うるさいなあ。仕方ないじゃないか。彼女の発作みたいなもんなんだ！　でも、僕は彼女を愛している！　それでもういいでしょう！」

「……わかりました。そうですか」

……嘘。

嘘だよね？

山本……？

こんな……こんな奴のその場しのぎの適当な言葉、信じないよね？

「確かにそうだ。これは部外者が首を突っ込むような話じゃない」

……地獄に堕とされたような気分だった。

山本でもダメなの？

こいつは、安堵《あんど》するようにニヤッと笑った。そんなこいつの顔が憎くて憎くて、どうにかなってしまいそうだった。

山本は、もう一度ため息を吐いた。

「警察に行きましょう」

「……え？」

「警察です。まさか、知らないんですか？」

こいつは呆気《あっけ》に取られたようだった。呆けて、しばらくして……ようやく我に返った。

「な、なんでそんな場所に行かないといけないんだ！」

「あなたが言ったんでしょ。あなたたちの関係は、部外者が首を突っ込むことじゃないって。だから警察に行くんです。あなたの言う通りですよ。確かにこれは、部外者である俺が首を突っ込むことじゃない。俺はさっきの光景を見て、一方的にあなたが悪者だと認識したが、あなたにはあなたの言い分があるようだ。だから、すでに公平な立ち位置での目線を失った俺が出る幕はない。第三者視点で公正な判断をしてくれる警察に行くんです」

「な、何もそこまですることはないでしょ？」

「こんな住宅街の真ん中であれだけの大声で喧嘩をして、一人の子が泣く事態にまでなっている。どう見ても警察に頼らない話なわけがないでしょ」

今更あたしは、こいつと口論していた場所が住宅街のど真ん中であったことに気がついた。

山本以外にも、騒ぎを聞きつけて民家から出てきた何人かの人々が、あたしたちのやりとりを心配そうに見守っていた。

「そ、そんな大層な話じゃないでしょ?」

「大層な話でしょ。今時は電車内の、足を踏まれた踏まれてないで警察が駆けつけますよ」

「そ、それでも」

「ちょっと。あなたの発言、さっきからおかしくないですか?」

「……っ」

「部外者は出る幕はない。必要はないと言っておきながら、公正な判断を仰げばと提案しても、必要ないの一点張り。あなたと、あなたに頑《かたく》なな態度を示す彼女の二人で、本当にこの状況を収拾《しゅうしゅう》出来るんですか?」

「で、出来るさ」

「無理に決まってるでしょ。出来るんだったら、そもそもこんな場所で口論になんてなるはずがないだろ」

山本の正論に、こいつは苦虫を噛み潰《つぶ》したような顔で黙った。

「今のあなた、まるで事態の収拾を図る気があるようには見えませんよ。はっきり言って支離《しり》滅裂《めつれつ》です。一貫した発言をしてください」

こいつは黙った。しかし、しばらくして首を振って山本を睨《にら》んだ。多分、黙ったら負けだと思ったんだろう。

「だ、大丈夫。僕たちだけで何とか解決出来ます」

「……ちょっといいですか?」

「な、なんだよ」

「あなた、なんでそこまで警察に行くことを拒むんです」

こいつの顔が青くなった気がした。

「間違いなく、俺なんかより公正な目線で話を聞いてくれますよ。なのに、何故《なぜ》拒むんですか」

「そ、それは……っ」

「もしかして、警察に行けない理由でもあるんですか?」

こいつが纏《まと》う空気が冷たくなった気がした。

「そ、そんなのあるわけない!」

「先ほどチラッと見えましたが、彼女の腕、あざがたくさんありますね」

野次馬たちからざわめきが上がった。あたしに同情を示すようだったり、こいつへの怒りだったり、そんな感じの声だった。

「これは?」

「……転んだんです」

「真新しいあざから、治りかけのあざもありますね」

「……そ、それは」

「これは？」

「……」

「これは？」

「こ、転んだんです」

「そんなに何度も？」

「……そうです」

「じゃああなた、何度も転ぶ彼女のことをサポートしてあげなかったんですね」

「そ、それは……」

「なんでですか？」

「……」

「あなたたち、交際をしていたんですよね。どうして何度も転ぶ彼女をサポートしてあげようとしなかったんですか？」

しばらく、こいつは俯いて黙っていた。その後、こいつはふーっと深いため息を吐いて、顔を上げた。

「……さっきから」

「あん？」

「さっきから、何なんだお前は！」

ついに、こいつは大声で叫びだした。

夜の住宅街に、こいつの滑稽《こっけい》な声が響いた。

「僕たちは恋人同士なんだ！　同棲だってしてるんだっ！　愛し合っているんだ！　僕たちが何をしていようが勝手だろ！　僕たちが何していようが、お前が知る必要はないだろっ！」

「……愛し合っている、だと？」

チラリと山本の顔を見て、あたしはすぐに目を逸らした。今の山本の顔は、怖くてまともに見れなかった。

「な、なんだよ……っ！」

「あんた、彼女が家を空けていた五日間、どこで何をしていたんだ」

繕《つくろ》ったこいつの虚勢が吹き飛んだ。山本の言葉に気圧《けお》される状況、こいつにとっての最後の砦《とりで》は、あたしを愛していると言い張ることだった。

でも、それは……。

「探していたさ」

「捜索届は出したのか」

「……それは」

「出してないのか」

「そ、それは……っ」

「彼女のことを本当に愛しているのなら、普通は出すんじゃないのかっ！」


山本の怒鳴り声は、夜の住宅街によく響いた。

さっきまで理論立てて話していた彼の一喝《いっかつ》は、こいつの子供が癇癪《かんしゃく》を起こしたような怒鳴り声とは違い、凄《すご》みがあった。

こいつが目に見えて畏縮したのがわかった。

……あたしも、多分、あたしなんかのためにこいつを叱《しか》りつけてくれたんだ、という喜びにも似た感情がなければ、恐ろしく思っただろう。

それくらい、今の山本は怖かった。

「……し、仕方なかったんだ。忙しかったんだ」

「あんた、さっき彼女に言ってたよな」

「え？」

「自分の望むことを、彼女はしてくれなかった。だから、自分も怒りに駆られたんだって」

こいつは黙っていた。

「あんただって一緒じゃねえか。あんただって彼女に何もしていないじゃないか。彼女と同棲しておきながら、彼女の不安を解消せず、彼女の心に寄り添わず。彼女のサポートもせず……

っ！　することと言ったら重箱の隅をつつくような彼女への嫌がらせ。足を引っ張って、自分のミスを彼女の責任だと言い訳して。そんなあんたが、彼女を愛している？　ふざけるなっ！」

すっかりすくみ上がったこいつは、目尻に涙を湛《たた》えていた。

「あんたのそれは、愛じゃない。あんたのそれは、ただの嫌がらせだ。他人に嫌がらせして、自分より下に見て、悦《えつ》に入《い》るガキみたいな行為だ！」

肩で息をするくらい、山本は声を荒らげて言葉を発していた。

それくらい、あたしのために。あたしなんかのために、怒ってくれている。

なんだろう。

……なんなんだろう。

この気持ちは。

この心臓の高鳴りは……。

「もう一回、彼女に言ってみろよ」

山本は、こいつをキッと睨みながら言った。

「え？」

「あんた、さっき言ったよな。俺に向けて言ったよな。今この状況は、全部彼女が悪いって。だから、もう一回、言ってみろよ。この場で！　今、俺の話を聞いた上で！　さっきと同じことをもう一回言ってみろよ！」

言えるもんならな。

山本の語気からは、そんな彼の気持ちが透けて見えた。

もう、こいつは何も言うことはなかった。

あたしにも、山本にも。

こいつは沈黙という形で、ようやく自らの非を認めたのだ。

「ごめん」

唐突なこいつの謝罪だった。

「ごめん。ごめんなさい……」

さっきまでの威勢はどこへやら。しおらしく、こいつはあたしたちに頭を下げた。

「ごめんなさい。時々、どうしても……どうしても、カーッとなってしまうことがあるんだ。そんな時、彼女が僕の甘えを受け入れてくれた。だから……それに寄りかかってしまったんだ」

寂《さび》しそうな顔で、こいつが語りだす。

その語りは、こいつの……誠司さんの心の寂しさを表すかのような言葉で紡《つむ》がれ、あたしはほんの少しだけ、彼に同情してしまった。

無論、誠司さんの家に帰りたいと思ったわけではない。

いつか山本が語っていた。ドメスティック・バイオレンスの三つの周期。結局、今の誠司さんの状況もその一つにしっかりと当てはまるのだ。

きっと、結局、こんなことを言って、同情を買って、誠司さんは同じことを繰り返す。

……多分これは、病気みたいなもんなんだ。

他人に当たるしか、誠司さんは自らの鬱憤《うっぷん》の晴らし方を知らないいんだ。

「もういいよ」

だからだと思う。あたしが彼に、そう言ったのは。

誠司さんは顔を上げない。

「もう、いいよ。もうあなたのところには帰らないけれど、もういい」

「……こんなこと言う資格がないことはわかっているんだ」

誠司さんは、悲しそうな表情で顔を上げた。

「でも、君に帰ってきてほしい！　僕には……僕には、君がいないとダメなんだ。君以外は何も要《い》らないいんだ！」

「……やめてよ。思ってもいないことを言うのは」

「嘘じゃない。嘘じゃないいんだ……」

「……やめて」

「帰ってきて、メグ……」

悲痛な表情でそう懇願《こんがん》され、あたしの気持ちが揺らいでないと言ったら嘘になる。

これでもあたしは、一度は彼と一緒に暮らした身。本当の愛は彼と紡《つむ》げなかったかもしれない。でも、彼と一緒に生きることを一度は選んだことは事実なんだ。

……それに。

もしかしたら、もう一度、一緒に暮らしたら。

今度こそ……。

「……なあ」

この雰囲気に冷や水を浴びせたのは。

「あんた、首筋の絆創膏《ばんそうこう》はなんだ？」

さっき誠司さんが頭を下げた拍子《ひょうし》に、襟元《えりもと》から首筋が覗《のぞ》けたために、その絆創膏を目に留《と》めた……山本だった。

サーッと血の気《け》を引かせたのはこいつ。

あたしは、血の気は引かなかったけれど、熱に浮かされた気持ちが一気に冷めたような感じだった。

さっきは必死に逃げようとしたというのに、一歩。また一歩。あたしはこいつに近寄った。

そして、こいつが痛がることなど考慮せず、首筋に貼られた絆創膏を思い切り剝《は》がした。

そこには……傷はなかった。

あったのは、情熱的なキスマーク。

誤解されたくないから言うが、あたしはこいつにこんな情熱的な愛情表現をしたことは一度だってありはしない。

だったら、これは一体。

……悩む必要もない。

考える必要もない。

決まっている。

決まりきっている。

「……捜索届は出さなかった」

「メグ、これは……」

「あたしのこと、一切探してなかったんだね」

「違う。違うんだ」

「心配してただなんて、まったくの嘘だったんだ」

「これは……っ」

「……そっか」

「メグッ！」

ああ、そうか。

点と点が繋がった。

土曜日。こいつと暮らしていた日々の中で、唯一《ゆいいつ》のあたしの安息日。こいつはその日、仕事に行くと車を走らせて出掛けていった。毎週、そうしていた。

だけど、そうだ。

そうだった。

こいつの通勤手段は、車ではなく電車だった。

それに、こいつの勤め先は銀行。

銀行は普通、土曜日は休みだ。

……だったら。

だったら、こいつは一体。

一体……毎週土曜日、どこに出掛けていたというのだろう?

『……で？　帰ってこないの？　別にいいよ。僕には他にも代わりはいる。でも、君には僕しかいないいんじゃないの?』

なんでそんなことが言えるのか。

苦しくて、悲しくて、さっきは思わず涙をこぼしてしまった。

だけど今、わかった。

どうして、こいつがあたしにそんなことが言えたのか。

恋人であるあたしの代わりがいると、こいつが言えたのか。

……そうか。そういうことか。

バチが当たったと思ったんだ。好意を抱いたわけでもない相手の厄介になりながら一緒に暮らすことに、負い目を感じていたんだ。

でも、そんなことに負い目を感じる必要は一切なかった。

だって……。

だって、こいつもあたしのこと、別に好きではなかったんだから。

こいつには文字通り、あたしの代わりがいたのだ。

こんなあからさまにキスマークを残すような、間抜けな女が……こいつにはいたのだ。

「あたしはただ、あんたに利用されていただけなんだね」

「メグ。待って。待ってよ、メグ」

手を差し伸べてくるこいつに、あたしは言った。

「死ね」

第九章　一糸纏わぬ女王様

CHAPTER 9

これまでの人生で体感したことがないような密度の濃い夜も明けて、朝。いつも通りの時間に俺は目覚めた。

林恵《はやしめぐみ》が我が家を飛び出した翌日。俺は一人、朝の掃除を開始した。

今日は土曜日。つまり、約一週間ぶりの一人暮らし。おかしい。何も変わっていないはずなのに、部屋がいつもより広く感じられた。意外と俺も、あいつのいる生活に体が慣れつつあったらしい。

最近では、俺がこうして一人、趣味の掃除に勤《いそ》しんでいると、あいつが目を覚ましてきて朝食の準備を始めてくれるのがお決まりだった。

しかし、今朝ばかりは自分で朝食を用意する他ない。

渋々、一旦掃除の手を止めて、俺は冷蔵庫に入っていたゼリーを食した。グレープ味のゼリーは、味が薄くてそこまで美味《おい》しくなかった。

ご飯を食べたら掃除をする気も失《う》せて、俺は机の前に座ったままテレビを点《つ》けた。放送されているワイドショーを見ながら、何をするでもなく、空虚な時間を無駄に浪費していった。

林は、一体何時頃に帰ってくるだろうか？

昨晩あいつは、あの修羅場《しゅらば》の後、やっと到着した警官に交番へ連れていかれた。

多分、あいつが昨日帰ってこなかったのは、夜が遅かったからだと思っている。夜中に女の子を一人で外に放り出すなんてリスクしかないし、交番に泊めてもらったとかそんなとこだろう。

だが、この時間になっても帰ってこないのは少し心配だ。まさか、また変なことに巻き込まれでもしているのだろうか。

まったく。

早く帰ってこいよ、あの女。

内心で文句を言いながら、そんな状況故《ゆえ》かあまりやる気も出ず、俺はテレビをボーっと見ていた。

ワイドショーでタレントが笑ってる姿を見ても、どうも一緒に笑う気にはならない。

そんなこんなで何もせずにいると、そろそろ昼食の支度をしようか、という時間に差し掛かっていた。

どっこいしょ。

まるでおっさんのような声を出して、俺は重い腰を上げた。

ギーッ。

そう音を立ててゆっくりとドアを開いたのは……。

「おう、遅かったな」

玄関に姿を見せたのは、さっきから心配していた林だった。

一つ、気持ちが楽になったような気がしながら、俺は軽い口調で林に声をかけた。

「……ん」

しかし、林の声には元気がない。

「おい、どうした。まさか、また何かあったのか？」

そんな林の態度を見て、より一層の心配を重ねた俺は、林に問い質《ただ》す。

しかし林は、返事もせずに玄関先に立ち尽くすのみだった。

計画変更。

昼食はまた後。今は、林に何があったか、それを聞かなければならない。

昨晩、交番に連れていかれる林に、俺は一緒に付いていこうとしたが、それは警官に止められてしまった。

俺からしたら、住宅街の真ん中で言い争う二人の仲裁をしたのだから、一緒に付いていくべきだと思っていたのだが……林の腕の痛々しいあざを見たその警官の、部外者に聞かせるのは忍びない事柄もあるとの判断により、あの場は渋々、俺は一人帰宅するしかなかった。

しかし、こうも落ち込んだ彼女の姿を見るくらいなら、さっさと俺の正体を名乗り出て林に同行するべきだった。

つまりまあ、あれだ。

自分の失態を早く取り戻したい。

そんな自分本位な考えで、俺は林に事情を聞こうとしていた。

「何があった。話してみろよ」

もう一度、俺は林に尋《たず》ねた。

林は、返事を寄越《よこ》さない。

「とりあえず上がれよ」

「……いいの？」

「は？」

林は返事を寄越さず俯《うつむ》いて、再び、俺の部屋に上がってきた。

……とりあえず、これでまたしばらくは安心か。ぼんやりと思った。

「シャワーでも浴びてきたらどうだ？」

「え？」

「さっぱりするぞ」

また、林は返事も言わずに動き出した。向かった先は、お風呂場。

……話したくないのなら、無理に聞くのは可哀想か。

仕方ない。

俺は、林への質問を取りやめて、昼食を作って待っていようと考えた。

薄い壁。

壁越しに、シャワーの水音がキッチンにも届いた。

シャワー音がやんだ。

浴室の扉が開く音がした。

次いで間を置かず、脱衣所の扉が開く音がした。

「ねえ」

林の声だった。

「ん？」

振り返った俺は、ギョッとした。

濡れた髪。

健康的な太もも。

火照《ほて》った頰。

林は、バスタオル一枚の姿でキッチンにやってきた。何故《なぜ》だか手は駄々をこねる子供のように力いっぱいに握り締められていて、視線はずっとフローリングの方に向けて、俺の目を見ようともしてこない。

林が甘い吐息《といき》を吐《つ》いたから、俺は体をビクッとさせった。

なんだか夢でも見ている気分だった。そりゃあ、普通、男女が一つ屋根の下で暮らしていればこういうことになることだって容易に想像出来るのだが……。あの林が少し一緒に暮らした程度で、こんな暴挙に及ぶとは思わなかった。

いやだって、高校時代の俺たちの仲、本当に酷《ひど》かったんだからな？

まさか……こんな裸一歩手前みたいな姿を見せるような関係には、一億年経《た》ってもならなそうな、そんな間柄だったんだからな。

……いや、待てよ？

あの林に限って、そんなことありえるか？

この俺を挑発するような。

この俺を色仕掛けにかけるような、そんなこと……本当にありえるのか？

そうだ。

きっと、脱衣所に着替えを持っていくのを忘れたのだ。

なんだ。そうか。そういうことか。

まったく。この女はおっちょこちょいだなあ。

ガハハッ！

……そういえばこいつ、この家に来た初日に俺に迫ってきたっけ。

「おいっ、バスタオルに手をかけるなっ！」

俺は叫んだ。

林の奴、俺の考えが間違いだと告げるかのように、バスタオルに手をかけて一糸《いっし》纏《まと》わぬ姿になろうとしやがった……！

ガチだ。

これはガチだ……！

こいつ……。

こいつ、痴女だっ！

「ふ、服着ろよ……」

思わず、普通に突っ込んでしまった。

林は、下唇を噛み締めて、目を伏せて、もじもじしていた。その姿は、どこか初々《ういうい》しい。緊張しているようにも見えた。

そんな林の緊張に乗せられ、俺も少し変な気分になりつつあった。

頬を叩いて、俺は理性を保った。

「いつかあたし、言ったよね」

「何を」

頬がヒリヒリする。

「あんたは、あたしを助けたの。ううん。それだけじゃない。あんた相手には、一生かけても返しきれない恩が出来た」

「はあ……？」

「だから、さ……」

林は大きく息を吸った。

「あんたは、あたしを、あたしの体を自由にする権利があるの。あたしは、あんたの言葉に従う義務があるの。あんたの望むことならなんでもする。……なんでもしないといけないの、あたしは」

林の言う、なんでも、の中には……一体、どこまでのことが含まれているのか。

まあ、今こんな格好で俺の前に立っているあたり、性欲の捌《は》け口にされることも林の中では覚悟できていることなのだろう。

むしろ、林としたらそれを迫っているから、今こんな格好で俺の前にいるのかもしれない。

いつか林は、自分には何もないと言っていた。

そして、どうやら林はこちらが思っている以上に、俺に対して恩を感じているらしい。

俺に何を返せるか。

今のこの状況は、林なりに考えた結果の行動なのだろう。

「……変なこと言うけど、自信はある」

林は重い口調で言った。

「あいつは、あたしの料理はまずいって言ったけど、こっちのほうはいつも興奮してた」

俺は黙った。

「だから……」

「嫌だね」

即答すると、林は俯いた。

「……なんでよ」

しかし、声音的に落ち込んでいる様子ではない。

「なんでよ。なんでしないのよっ」

これはむしろ、怒っているように思える。悔しいのか、目尻には涙がうっすらと見えた。

……そんなに自信あったのか？

「自分の体を大事にしろとでも言うの？　そんなの今更、大事なもんでもなんでもない！　ここにいるためなら！　どんなことだってあたしは出来る……っ！　なんでも出来るの」

ここにいるためなら、か……。

林を匿《かくま》っていた五日の間に、林がこの家にいない状況を気持ち悪いと俺が思ったように、林もまた、同じことを思っていたようだ。

いや、違うかもしれない。

だってこいつは……。

「あたしにはここしかないの……。他に行く当てなんてないの」

ああ、そうか。

「あんたに酷《ひど》いことをした。折角《せっかく》あたしを匿ってくれたのに、あんたが手を差し伸べてくれたのにっ！　あたしはその手を払い除《の》けて飛び出して……あんたがいつか起きることを恐れていたトラブルを運んできてしまった……」

　林は今、責任を感じているのだ。

　一つは、この家を勝手に出ていったこと。

　もう一つは、元恋人に見つかって、いざこざを起こしてしまったこと。

　そして、俺を巻き込んだこと。

　だから林は思っているんだ。

　俺がこいつに愛想を尽かした、と。

　だからこいつは、こんな暴挙に出たんだ。

「お前はバカか？」

「バカじゃない……」

「いいや、大バカもんだ」

「バカじゃないもんっ！」

「……バカだよ」

　俺はため息を一つ吐いた。

「だってお前は、何もわかっちゃいない」

　涙を拭《ぬぐ》う林に向けて、俺は続けた。

「お前は俺を、あいつと同じところにまで堕《お》とすつもりか？」

「……あいつ？」

「お前を束縛し、お前を支配し、お前に暴力を振るったあいつのことだ」

俺は林を見据えた。

「俺はお前の体を自由にするつもりはない。お前を支配するつもりもない。束縛するつもりも、我が物にするつもりもない。何故ならそんなことをしたら、俺は俺が否定したあいつと同じ行為をすることになるからだ。俺はあいつが正しいことをしただなんて到底思っていない。だから、あいつと同じことをするつもりはない。お前の体を自由にしたら、俺はもうあいつを貶《けな》せなくなってしまうだろ」

「……何よ、それ」

「何よもなにもない、そういうことだ。それ以上でもそれ以下でもない。……だから、さっさと服を着ろ」

「何よ、それ……」

「だから……っ」

もう一度同じ説明を繰り返そう。こいつが納得するまで、何度でも。

そう思っていた俺は、口をつぐむ。

大粒の涙を流す林を見てしまったから。

だから、口をつぐまざるを得なくなったのだ。

「……なんで」

林の声は震えていた。

「なんで、あんたはそんなに優しいんだよぅ」

限界を迎えた林は、その場に座り込んだ。

そもそも俺、こいつに優しい言葉をかけたか？　俺の言ったことは結局、いつもの自分本位な主張でしかない。

しかし、どうやら俺の言葉は相当、林に響いたらしい。

「うわーん。うわああーん」

「……ガチ泣きじゃん」

思わずドン引きするくらいの大泣きを見ればわかる。

高校時代、女王様と周囲に呼ばれていた人物の姿とはとても思えないような、子供のようなそんな泣き顔だった。

きっと、張り詰めていた気が少し緩《ゆる》んだせいでこうなったんだろう。そうじゃないと、林のこんな姿、一生拝《おが》めそうにない。

少しだけ、俺は安堵《あんど》を覚えた。

協力する、と宣言した手前、成果なしでは格好がつかないからな。少しは俺も、有言実行出来ただろうとそう思った。

ただその後、癇癪《かんしゃく》を起こした林を宥《なだ》めるのが大変すぎて、そんな安堵はすぐに吹き飛んだが……。

◇◇◇

「ごめん……」

小一時間泣いた後、ようやく泣きやんだ林は俺に謝罪をしてきた。

「いいよ。とりあえず服、着てこいよ」

「うん。……くしゅん」

可愛らしくくしゃみをして、バスタオル一枚しか身につけてなかった林は脱衣所へ向かった。

さっきまで濡れていた髪は乾き、火照っていた肌もすっかり冷めたように見えた。

俺はため息を吐いて、キッチンで放ったらかしにしていた調理を再開した。チャーハンでも作ろうとフライパンに乗せて放置していたご飯は固くなっていた。……もしかしたら、ちょうどいい食感になるかも？

冷蔵庫から卵を取り出して、俺は調理を再開した。

しばらくして、脱衣所から林が出てきた。

「体冷えなかったか？　風邪、ひくなよ？」

コンロに火を点けたため、振り返れなかった。足音は俺の後ろあたりでやんだままだ。

どうやら林は、ずっと俺の背後で待っているらしい。

別に、そんなところで待っている必要なんてないのに。むしろ、ただでさえ不得手な調理に集中出来ないからどっか行ってほしい。

でもそんなこと言うと、今のこいつはまた落ち込んでしまいそうだしなあ……。

仕方なく、せっせと調理を進めることにした。幸い、チャーハンを作るのはそこまで時間はかからない。卵を入れて具材と一緒に飯を炒《いた》めれば、大体完成だ。

「どれくらい食べる？」

火を止めて、俺はようやく背後を振り返った。

やはり、俺の背後に林はいた。大層気まずそうに項垂《うなだ》れていて、まるでこれから親に怒られるのを立って待たされていた子供のようだと思った。

「立ってるの、疲れないか？」

「……ねえ、山本《やまもと》？」

「なんだ」

「あたし、ここにいていいのかな」

俺は、さっきの林の言葉を思い出していた。

そういえばさっき、林は気になることを言っていた。要約すると、俺の性的欲求を解消しないと、ここにいてはいけないみたいな、的外《まとはず》れな見解だ。

……ふう。

俺は呆《あき》れた。

俺も大概《たいがい》不器用な男だと思っていたが、こいつも大概だな。高校時代、あれだけたくさんの友達に囲まれて、取り巻きを従えて、俺とは真逆に位置するような人間だったのに、いちいち考え方が極端すぎる。

「……お前はどうしたいんだ、林」

「……何それ」

「は？」

「この部屋はあんたの部屋じゃない。なのに、なんでわざわざあたしの意見を聞くのよ。あたしがここにいていいか。それはあんたが決めることじゃない！」

……そこまで怒ることか？

唐突に怒りだした林に、俺は呆《ほう》けるしかなかった。しかし、真剣な眼差《まなざ》しで俺を睨《にら》む林を見ていたら、彼女の切迫感が伝わってきた気がした。

ただ、この無意味な口論。どっちが悪いかといえば、やはり俺ではなく林だと思うんだが。

この部屋に匿ってもらっている身にもかかわらず、家主に喧嘩をふっかけたから。だから彼女が悪い……と、思ったわけでは勿論《もちろん》ない。

もしかしたら、見る人の目から見たら、真剣な彼女の質問をふざけて返したように映って、俺の誠意が欠けていると思われるかもしれない。だけど、個人的にはそれも間違っている。

「だって、俺の答えはとっくの昔にお前に示しているじゃないか」

そもそも、今更なんだ。

林がこの家にいていいのか。悪いのか。

そんなのとっくに、俺は林に答えを示しているではないか。

「俺はお前の協力者だ。お前があの元恋人の魔の手から逃れられるのなら、この部屋に匿うことなんてわけはない。それこそ、後で返してくれるのなら金だって貸してやる。そう、前に伝えただろうに」

林は思い出したのか、情けない顔をしていた。

「だから俺は、お前に尋《たず》ねたんだ。この部屋に残りたいのか、残りたくないのか。俺の意志はとっくに伝えてんだ。後はお前の意志だけだろ」

「……何それ」

「以前、俺はこうもお前に言ったな。お前の人生、決めるのはお前自身じゃないと意味がない。だから、ここにいたいのかを決めるのはお前でないといけない」

「何よそれ！」

……また怒られた。理不尽極まりない。

何故だ？

俺の言っていることは、いつも一貫している。受け入れる受け入れないかはともかく、一貫した発言をしているのだから、文句を言われる筋合いはない。俺はこういう人種だと、林に認識してもらい諦《あきら》めてもらうしかない。

「……普通、思うじゃない。思うもんじゃない。あんた、あたしのせいであいつに会って、顔を覚えられたんだよ？　トラブルに巻き込まれたんだよ!?」

「それが？」

「これからのあいつの標的は、あたしじゃなくてあんたになるかもしれない。そうなれば、あんたはあいつに何をされるかわからない。なのに、なのにぃ……なんでっ、あんたはまだあたしのことを匿おうと思うのよ！」

なんで、か。

「俺は、お前を匿うと決めた時点で、お前の状況は一通り聞いていた。その上で、お前を匿うことを提案した。その時に、わかるもんだろ。お前が今抱《かか》えている問題に、自分も巻き込まれる可能性があることくらい」

俺は呆れ顔で続けた。

「端《はな》から想定していたさ。お前の問題に巻き込まれるかもしれないことなんて。そんなこと想定していた上で、理解していた上で、俺はお前を匿うことに決めたんだ。だから今更、この程度のことじゃ、その時の判断は変えない。それだけのことだ」

「……なんでよ」

また、林は泣きそうになっていた。上擦《うわず》る声で、俯いた顔で、俺を責めるような口調だった。

「なんで、あんたがそこまでするのよ……。あたしなんかのために、そこまでするのよ」

「簡単なことだ」

俺は笑った。

「お前を匿うことも。お前をトラブルから遠ざけることも。お前と一緒に、しばらく暮らすことも……全部、俺に出来ることだからだ」

林は呆気《あっけ》に取られていた。

「俺は、俺に出来ること、出来るタイミングならば、大抵のことには協力する。家事をサボっている奴を見れば、自分ですぐに出来ることくらいで他人の手を煩《わずら》わせるなよと思うし、他人に仕事を押しつけるような人種を見るとイライラが止まらなくなる。だから、俺は自分に出来ることなら大抵、なんだって協力する」

……だって。

「だって、自分に出来たことをサボってしまったら。他人にやらせてしまったら……俺が嫌いなそういう人種に、もう文句が言えなくなってしまうだろ?」

……ふと、思い出した。

「いや、それだけが理由じゃないな」

「……？」

「お前の振る舞ってくれたハンバーグ。また食べたいんだよ」

相も変わらず、自分本位で我儘《わがまま》な行動原理。

にもかかわらず、林は……怒るでもなく、呆れるでもなく、何故だか瞳を潤《うる》ませていた。

「……ねえ、山本？」

「ん？」

「じゃああんたは、あんたに出来ることなら大抵、なんでもしてくれるの？」

「……」

「また、ハンバーグ作ってあげたら、なんでもしてくれるの？」

「勿論《もちろん》」

林が涙を手で拭った。

「まあ、金を寄越《よこ》せ、だとか、この部屋を明け渡せ、だとかは、俺にも出来んがな」

「じゃあ……あんたにお願いしたいこと、二つある」

「なんだ？」

そう尋ねた俺に、林はなかなかその内容を明かしてくれなかった。

俯いて。

黙って。

逡巡《しゅんじゅん》して……。

決意したように、顔を上げた。

「またしばらくここに、あたしを匿ってほしい」

「わかった」

二つ返事で、俺は頷《うなず》いた。頷くまでもないお願いだ。何度も言うが、端から俺はそのつもりだったのだから。

しかし、俺の承諾《しょうだく》を聞いた林は、どこか嬉しそうに見えた。

嬉しそうに、はにかみそうになるのを必死に堪《こら》えているように見えた。

しばらく待った後、林は真剣な眼差しを再び俺に差し向けてきた。

林は言った。

俺に願うことは二つある、と。

一つはこの家に匿ってほしいということ。

そして、もう一つのお願いは……。

「……正直、未だに整理がついてない部分があるんだ」

林はまた下を向いて、静かに語り始めた。

「しょうがないよ。あの人のせいで、あたしはいろいろなものを失った。スマホ。大学。友達。家族。……多分、もう取り戻せないものもある。一時の判断の結果、あたしはたくさんのものを失ってきた。怖い。怖いよ、山本……。失ったものと向き合うことが」

……でも。

それでも林は、何かを成すために顔を上げた。覚悟が決まった顔を上げたのだ。

「あたし、被害届を出そうと思う」

……この家に匿ってすぐ、俺は林に、元恋人にされた行為に対して被害届を出すように説得を試みた。しかし、結果は失敗に終わった。その失敗を経《へ》て、一時は諦めた被害届だったが、裏であれこれ画策していて、何とか林をその気にさせようと躍起《やっき》になっていた。

しかし、まさか……。

彼女の方から宣言してくるとは思ってもみなかった。

今の言い方的に、あの当時の林は向き合うことを恐れていたんだと俺は気づいた。元恋人との関係に向き合うことではない。元恋人により、失ったものを直視する行為を恐れたんだ。

きっと、最後の防衛線だったんだろう。精神的安定を保つため、あの時の林は自らの状況に目を逸らすことしか出来なかったんだろう。

悲惨な、自分の状況に……目を合わせないようにして、考えないようにすることしか出来なかったんだろう。

でも今、林はようやく清算出来たんだ。

向き合う覚悟が出来たんだ。

だからこそ、俺に被害届を出すと宣言したんだ。

「わかった」

被害届を出すことに関してもまた、俺が断る理由もないことだ。そもそも、あいつに暴力を振るわれ、束縛され、苦しめられたのは林なんだ。

俺の意志なんて、被害届を出す際に必要ではない。林が決めたその選択が、俺の答えでもあるのだ。

ただ、だからこそ疑問に思った。

だったら今、林が俺にその宣言をした意味は何なのか。

林が俺に求めるものは何なのか。

……林は、

「山本、お願い」

ゆっくりと頭を下げた。

「あたしと一緒に、警察に行ってください」

矢継ぎ早に、林は続けた。

「きっと、あたし一人で行くべきなんだと思う」

自分の思いを……。

「でも、怖いの。やっぱり怖いの」

恐怖を。

「直前になって、臆病風《おくびょうかぜ》に吹かれて逃げ出してしまうかもしれないのっ！」

情けない心境を。

「でも、もうこれ以上、何も失いたくないの……」

……怖くても。情けない心境でも。

「だから、お願い。山本……」

それでも林は、俺に頭を下げた。

相当の覚悟が必要だったことだろう。

自らの現状に向き合うことも。向き合った結果気づかされた、悲惨な状況に置かれた自分を目《ま》の当たりにすることも。

ただ、林は俺に頭を下げたのだ。覚悟を決めて、頭を下げたのだ。

そんな林を見て、俺の出す答えは決まっている。決まりきっている。

ただ、言葉に詰まった。

態度には出さないが、こみ上げてくる感情があったのだ。

コンビニで再会した悲劇の少女は、かつて勉学を共にした女王様と呼ばれるような人物だった。

見る影もない彼女の姿を見て、やるせない気持ちに駆られた時もあった。

全てを諦めたような彼女の姿を見て、奮起してもらいたいと思った時もあった。

彼女と二人きりの食事の時間に気まずさを覚えた時もあった。

俺の提案を聞かない彼女に、どうすれば良いのかと悩んだ時もあった。

彼女のいなくなった部屋が、少し広く感じる時もあった。

ああ、そうか。

今俺は、心の底から……。

もう、大丈夫だ……。

もう林は大丈夫だ。

再会した時と違い、強《したた》かな自らの意志を滲《にじ》ませる林の瞳に、俺はそう確信した。

「わかった」

ようやく声に出た。

ようやく同意出来た。

林の顔は、緊張しているようだった。表情筋が強張《こわば》り、碌《ろく》に俺の目を覗《のぞ》こうともしなくて。

断られたらどうしよう。

そんな最悪の事態を想定し、頭がいっぱいだったように見えた。

俺の言葉を聞いた林は……驚き、喜び、一瞬泣きそうになり、そうしてまた、喜んだ。

「ありがとう、山本」

目尻に涙を湛《たた》えながら、口を震わせながら、微笑みながら、林は言った。

現状と向き合い、覚悟を決めて、人を頼って、そうして彼女は答えを導き出した。その結果が正しかろうが間違っていようが、多分、もう彼女は後悔しないだろう。

ただ林よ、勘違いしてはいけないぞ。

今、お前が一歩、次の道へと踏み出す決心をすることが出来たのは、お前が自分の現状を見据えて、悩み、変わりたいと思ったからに他ならない。

選択したのは、お前自身。

俺がしたことは、ただ……お前が後悔しない選択肢を選べるように、情報を与えただけに過ぎない。

もし今、泣くくらい喜ぶ選択が出来たとするのなら、それはお前が勇気を振り絞って、答えを導き出したからだ。

俺にお礼なんて……。

……そういえば。

「お前にお礼を言われたの、今のが初めてだったな」

俺は困ったように苦笑した。

第十章

再開する女王様

CHAPTER 10

くああ、と大きくあくびしながら、俺はコンビニの奥の休憩室で監視カメラをぼんやりと眺めていた。いつもならもう少し気を張って業務に当たるのだが、今日は集中力も散漫だった。少し気を抜くと、夢の世界に旅立ってしまいそうな、そんな状態だった。

いつもは早寝早起きをしていてこの時間まで起きていること自体少ないが、それでも時たま遅くまで起きていても眠気とかを感じることはあまりなかった。

ただ、今日は一日忙《せわ》しなかったからか、強烈な睡魔に襲われ、金をもらっている立場にもかかわらず、眠らないようにすることだけで精一杯になってしまっていた。

今、ここで俺が眠い理由を釈明する手立てはいくつかある。例えば、今日は日中、林《はやし》と一緒に警察に行き、林が元恋人にされてきた行為を告発するための、被害届を出してきた、だとか。警察で、林の恋人に間違われて、冷たい目で見られただとか。林と一緒に必死に誤解を解き、倍以上、疲労が溜まっただとか。

とにかく、いろいろだ。

ただ、この場でそれらをあげつらうことは、結局言い訳でしかない。俺には他に選択肢があった。例えば、林を一人で警察に行かせるだとか、林と一緒に警察に行く日を、後にずらすだとか。

しかし、俺は浮かんでいたそれらを選択することはなかった。それを選択することは、林の不安を煽《あお》ったり、林の問題の先送りになったり、とにかく現状に対して碌《ろく》な結果に繋がらないからだ。

故《ゆえ》に、俺はその結果を選び、今のこの惨憺《さんたん》たる有様に至るというわけだ。

俺の中で、コンビニバイトよりも林の問題の解決の方がプライオリティが高かったのだから、仕方がない。

もしこの状況を責められたくなかったのなら、バイトを優先すれば良かっただけの話なのだ。

既《すで》に寝落ちすることを想定しているあたり、俺も質《たち》が悪い男だぜ。我ながら呆《あき》れるぜ。

それにしても、相変わらずこのコンビニの深夜帯の客足は鈍い。さっきから、人っ子一人コンビニに入店してくる様子がない。

そんなんだから俺の眠気も強くなるんだぞ、とどこに向けたのかもわからない文句を内心でぼやいた。

ちょうど、そんなタイミングだった。

真夏の熱帯夜、うつらうつらしていた俺は、コンビニの自動ドアが開く時に鳴るキャッチーな電子音で意識を覚醒させるのだった。

少しだけ、来店してきた相手に文句を言ってやりたい気分だった。

折角《せっかく》、眠れそうだったのに、邪魔しやがって。

確かに俺は、俺がこの場で眠くなるのは客が入店してこないせいだと言ったが、本当に入店してくる奴があるか。

そんな、相変わらずどこ向けかもわからない文句を心の中でこぼしながら、俺は眠い目をこすって、解像度の粗《あら》い監視カメラの映像に目を移した。

入店してきた人物は、白い半袖《そで》のTシャツとハーフパンツという出で立《い》ちの女性だった。長い髪を後ろでまとめて、女性は店内を闊歩《かっぽ》していく。

こんな深夜帯に、女一人でうろつくだなんて物騒なこった。

まあ、今は土曜日の夜。仕事も学校も休みの人は多いし、遊んできた帰りだとか、そんなところだろう。

いやしかし、それだと寝間着みたいな格好の説明がつかないな。

不思議と、眠気は吹き飛んでいた。

ぼんやりと彼女の素性《すじょう》を考えながら、一人の人物と重なったのが原因かもしれない。

そういえば、一週間前俺は、ここで林と再会を果たしたんだったよな。

些細《ささい》なきっかけで彼女と再会し。

些細なきっかけで彼女と話し。

些細なきっかけで、彼女の現状を知ったのだ。

時刻もちょうど、このくらいだった。あと一時間で夜勤の終わりを迎えるせいで気が抜け、注意力が散漫になる。そんな時間帯だった。

「まさか、またドメスティック・バイオレンス被害者なんかじゃないよな」

冗談じゃない。

あいつのような悲惨な目に遭《あ》う人間が、俺の近所にそんなに何人もいてたまるか。

我ながら短絡的な妄想だと、俺は自《みずか》らの考えに呆れ返った。

女性は、相変わらず店内を巡っている。

雑誌コーナー。

日用品売り場。

お菓子売り場。

デザート、お弁当コーナー。

いくつかの棚を物色しながら、店内をうろうろしていた。

自分がほしいものがどこにあるか、わからないパターンの人だ。この手合いは、探すのに時間はかかるが、見つかったらさっさとレジへと直行するタイプ。

しかし、ジャンルがわかっていればそんなうろうろする必要ないと思うんだけどなあ。ポテトチップスを買おうと思って、日用品売り場の周りをうろうろする奴はそんなにいないだろう。

……なんだかまるでコンビニ自体に入店するのが久しぶりで、ついつい店内を徘徊《はいかい》してしまっているような、そんなふうに見えた。

「ん？」

と、言うか……。

女性は日用品売り場で歯磨き粉を見つけて、レジへと向かった。

俺は、慌《あわ》てて立ち上がり、休憩室を出て、レジのカウンターへと向かった。

「あ、いた」

「林。お前、こんなところで何をやっているんだ」

深夜のコンビニに入店してきた人物は、他でもない林だった。そういえば、彼女が今着ているのは、いつものこいつの寝間着だ。

「ん」

俺の質問にも答えず、林はレジに歯磨き粉を置いた。

「歯磨き粉、切れてたよ」

「え、マジか」

全然、気づかなかった。そもそも、一人暮らしの歯磨き粉なんてそんな頻繁《ひんぱん》に切らすものでもないし……今は、二人暮らしだったか。二倍の早さで減るってことを失念していた。

「言えば買って帰ったのに……」

「あたし、あんたの連絡先知らないし」

そういえば、連絡先以前に、林のスマホは元恋人のあいつに壊されたままだった。

「そろそろ、スマホを買ったほうがいいかもな」

「いいよ。スマホのない今の生活に困っているわけでもないし」

「友達と疎遠《そえん》になるのは困るだろ」

「うーん。わかんない」

「えっ」

「……まあ、そんな尊い友達ばかりじゃなかったってことだよ」

……まあ、深くは突っ込まないでおこう。

「まあ、あんたと連絡取り合えないのは困るかも」

「そうか？」

「うん」

「……そうか」

俺たちの間に微妙な空気が流れた。

ふと、俺は林に対して言いたいことがあることに気がついた。

「それよりお前、また勝手に一人で外を出歩いたりして……」

何故《なぜ》、俺がここまで林の様子を心配するのか。

「まだあいつがどこにうろついているか、わからないんだぞ？」

あの時、林の元恋人は、警官が到着する直前に、野次馬の中にまぎれてあの場から逃走していた。パトカーのサイレンが間近に近づき、俺たちが油断したほんの一瞬の出来事だった。

最初は目を疑った。

ようやく警官が到着し、あの男も事情聴取の末に警察のご厄介になると思った矢先の出来事。そりゃあ、信じたくないと思って当然ってもんだ。

今日、警察に行くまでの間に聞いた話だが、林の帰宅が遅かったのは、恐怖心を抑えてあいつの家に警官と一緒に向かったからだそうだ。しかし、あいつの家にも、奴の姿は見えなかった。元恋人の行為が明るみになり、裁けると思った矢先、もぬけの殻《から》だった家を見た時の、林の落胆した姿は想像に難《かた》くない。

「まあ、しばらくは大丈夫でしょ」

「またそんな楽観的なことを」

俺は呆れながら続けた。

「お前、被害届を出したからって気を抜いていいってわけじゃないだぞ?」

「わかってるよ」

わかっていたら普通、こんなところに来なさそうなもんだが。彼女の心境はよくわからない。

……ま、いいか。

「悪かったな。歯磨き粉」

「……そ、そうよぅ。眠たい中帰ってきたら歯磨き粉がなかったら、困るのはあんたなんだからね?」

「そうだな。それは確かに、その通りだ」

不貞腐《ふてくさ》れる子供のように口を尖《とが》らす林の言葉に、俺は同意を示した。

「本当、ありがとうな」

「うん」

林は微笑んで頷《うなず》いた。

少し変な気分だった。いつものこいつなら、素直にお礼を言う俺をなじるくらいのことはしそうなものだったから。

ただ、思えばこいつも、俺に対して似たような感情を抱いたかもしれない。素直に俺がお礼を言うだなんて、的な。

「それにしても、客の来ないコンビニだね」

「そうだな。ここはこの時間、いつもこの調子だ」

「へえ、じゃあ暇だったんじゃない？」

林はニヤニヤしていた。

「まあ、暇でなかったといえば嘘になるな」

「やっぱり。じゃあさじゃあさっ、あたしが話し相手になってあげよっか」

「それは遠慮する。お前は早く家に帰って寝ろよ。夜更《よふ》かしは美容に悪いぞ」

「別に。たまにこの時間まで起きてたくらいじゃ問題ないでしょ」

「そういうもんか？」

「そういうもん」

まあ、こいつがそうだと言うのなら、そうなんだろう。

「それに、あんただってこの時間まで起きてるじゃん」

「俺はバイトだから」

「こんな時間に働く必要なくない？」

「バカ言え。深夜勤務は時給がいいんだから、そんなことはあるもんか」

「へえ、なんだか少し、あんたらしい理由だ」

俺らしい、が俺にはよくわからない。まあ、深く問い詰める理由もないし、俺はポケットから財布を取り出した。

会計は、林に払わせるわけにもいかない。そう思って、自腹を切った格好だ。

「別にいいのに。歯磨き粉代くらい」

「いいよ。俺も使うんだし」

「……じゃあ、お言葉に甘えようかな」

「そうしろ」

俺は、歯磨き粉を林に手渡した。恐らくこれで、林がここに来た用件は済んだはず。

しかし、何故だか彼女はレジの前から動こうとしなかった。

「帰らないのか？」

「なんで？　あたしがあんたの話し相手になるって言ったじゃん」

「あれ、確定事項だったのか……」

だったら、俺に問いかけるような言い方をするなよな。

まったくこいつは、こんな時ばかり、高校時代のように我が物顔に振る舞うのだからたまらない。

まあ、確かに眠気覚ましのついでに、話し相手になってくれるのは嬉しい、かも？

林はわざとらしい咳払《せきばら》いをした。

「山本《やまもと》君。あんたはここでバイトを始めて、どれくらいになりますか？」

「なんだ、突然」

「ぶー。答えてよ」

「……二ヶ月くらいか」

「実家にはこっち来てから、何度くらい帰った？」

「さっきからなんだ」

「もーっ」

「……まだ、一度も帰ってない」

「そう……。じゃあ、サークルとかには所属しているの？」

「してない」

「アルバイトはここ以外にしているの？」

「してない」

「ボランティアとかは？」

「それもない」

「趣味は？」

「掃除」

「特技は？」

「掃除」

「掃除バカだね」

「それって褒《ほ》め言葉か？」

アハハ、と林は笑った。

そんな林に向けて、俺は冷めた視線を送っていた。さっきから一体、こんな問答、何の意味がある？

林の真意がわからなかった。

林はしばらく笑った後、俺に真剣な眼差《まなざ》しを向けた。

その視線を受けて……。

高校時代、いつも彼女に睨《にら》まれていたことを、俺は思い出す。

高校時代、俺たちは仲が良かったわけじゃない。それどころか、多分彼女は俺のことを嫌っていた。

敵意の込もった視線を浴びた回数は数知れず。

何かをすれば舌打ちをされ、意識的に、彼女とは距離を置こうと考えていた時期もあった。

そんな彼女から、こんな真剣な眼差しを向けられる日がやってくるだなんて、高校時代の俺に言ったら鼻で笑われるかもしれない。ふと、そう思ったのだ。

「いつか言ったじゃない？」

林は苦笑していた。

「……何を？」

「高校時代、どうしてもっとあんたと接しておかなかったんだろうって」

「ああ」

「もし、高校の頃にもっとあんたと接していたら、あたしたちの関係は変わっていたかもしれない」

「確かにそうかもしれないが、それは考えるだけ無駄なことだ」

「それは、結果論、だもんね」

……先回りして言われて、俺は黙った。

「誰かのせいだよ」

林は語った。

「後悔は大事だと思う。だけど、それで悩むのは勿体《もったい》ないと思うようになっちゃった」

照れくさそうに。

「悩んだって、事態は好転しないから」

バカバカしそうに。

「だけどね。後悔して悩んだからこそ、気づくものだってあったんだ」

……嬉しそうに。

「あたしはそれが、あんたとの関係だったんだと思う」

真剣な眼差しを俺に向けながら、林は俺に語り続けた。

「不思議な気持ちだよ。多分、高校時代のあたしに言ったら、鼻で笑われると思う。まさか。……こんな感情、抱く時がやってくるだなんて」

林は大きく息を吸って、吐いた拍子《ひょうし》に俺を見た。

「あんたのこと、もっと知りたいと思うだなんて……」

高校時代、俺たちの関係は……最早《もはや》、語る必要もない。

だけど、今。

俺たちは、再会し、ほんの数日だが一緒に暮らした。

俺たちの関係は歪《いびつ》だ。いつかこの生活は終わりを迎える。そんなことはわかっている。だけどそれは、俺たちが高校時代と違う今を刻んだ証《あかし》であり、今がある証明だ。

そして、今があるからこそ確信できる。

それは、俺たちのこの奇妙な同棲生活はまだしばらく続く。続くったら続くってこと。

それだけは確信できた。彼女と同様、俺も確信できた。

しばらく続くこの関係を前に、林は俺のことをもっと知りたいだなんて思ったようだ。

「俺なんて、別に面白い人間ではないだろ？」

林の気持ちに水を差すように俺は言った。

「お前が見てきた世界とは別の世界で、俺は生きてきた。それが恥ずべきことだと思ったことはない。だけど、お前のような人種は俺の人生を楽しいとは思わんだろう」

「……山本」

「なんだ」

「仕方ないじゃん。思っちゃったんだから」

「開き直るなよ」

少し呆れた。

「ただまあ、確かにその通りだ」

……そう、林の言う通りだ。そう思ってしまったのなら、仕方がない。誰だって一度は経験があるだろう。自分の気持ちに説明が出来ない。自分でも不可解だと思う行動に出てしまうことがある。今の林は、すなわちそれだ。

「わかった。いいだろう。お前が抱いたそれが気のせいだったと教えてやるよ」

そんな相手に諦めさせる最善手。それは、何より間違いだったと気づくまで教えてやること。

だから俺は林を挑発した。

だから俺は、微笑んだ。

「そうこなくっちゃ」

林は微笑んだ。嬉しそうに、微笑んだ。

「じゃあ、これからもよろしくね。山本」

「ああ」

「……ねえ、山本?」

「ん?」

「あんたは、どう思っている?」

林は穏やかな顔だった。

「あたしのこと、もっと知りたい?」

だけど少し、怖がっているような顔だった。

「あたしとの生活、どうだった?」

林との生活。

俺の部屋で、林と過ごしたこの五日間を……俺は一体、どんなふうに思っていたのだろう。

「まあ、まずは頭が痛かったかな」

「うぐ……」

「お前ときたら、折角部屋に匿ってやったというのに、俺が大学に行っている間に外出しやがるし、アルバイトを始めたいだなんて言うし。目に見えて焦《あせ》っているし。寝起きに慌てて転びかけるし。冷や冷やもんだったよ」

「……ごめん」

「でも……まあ、悪くなかったな」

「……そっか」

ふふっと林はまた微笑んだ。穏やかな笑み。穏やかな時間。……穏やかな、関係だった。

「山本、ありがとう」

林は二度目のお礼を口にした。

「あんたのおかげであたし、救われたよ」

「誤解するな」

「え？」

「ゴールは被害届を出すことじゃない。あいつが裁かれた時だ」

「……違う。そういう意味じゃないよ」

「じゃあなんだ」

「多分さ。これからもいろいろあると思うんだ。辛《つら》いこと。悲しいこと。苦しいこと」

「そうかもな」

「きっと、そういうことがある度《たび》にあたし、怖くなるの。逃げたくなるの。足が竦《すく》むの」

言葉の割に、林の顔には憂《うれ》いはない。

「でもあんたは、あたしがそんな状況に陥《おちい》ったら、あたしが苦しんでいたら、手を差し伸べてくれるんでしょ？」

林は、微笑んだまま言った。

「あたしを助けてくれるんでしょ？」

「……林、それは違うな」

俺は首を横に振った。

「俺がお前を助けるかどうか。それは、俺が選ぶことじゃない」

そもそも、俺には他者を助けられるような甲斐性はないし、権力もないし、財力もない。

だけど、それでも……。

「お前はどうしてほしいんだ？」

林は苦笑していた。

「まあつまり……もし、お前が俺を必要とするのなら、その時は尽力《じんりょく》するさ」

それは、俺が勇ましいからだとか、俺が頼れるからだとか。そういう尺度の話じゃない。

困った時に他人を頼る。

自分ではどうにも出来ない時に他人を頼る。

そして、頼られた人は頼ってきた人に寄り添い、支えて、協力する。

そんなの、人として当たり前のことじゃないか。

それさえ出来ないような人間に落ちぶれたら最後、俺は俺という人間ではなくなってしまうではないか。

だから、俺はやる。

自分に出来ることは、必ずやるのだ……。

いつか自分で、そう決めたのだ。

「素直じゃないね、あんたは」

「そうかもな。ただ、そんな素直じゃない、面白みもない俺のことを知りたい変わり者がどっかにいるそうだぞ」

「奇特な人がいるもんだね。救いようがないよ」

「それなら、誰かが助けてあげないといけないかもな」

俺たちは微笑み合った。

「山本」

「ん？」

「これからも、よろしくお願いします」

「ああ。こっちこそ」

「……ねえ、山本？」

「なんだ？」

「……今日の夕飯は、何食べたい？」

……林恵を匿って、七日目の早朝。

俺たちは再会を果たしたコンビニで語り合う。

再会を果たした際、店員と客だった関係は今日も変わらない。

ただ、この一週間で、俺たちは再会を果たした時より、嫌い合っていた高校時代より、お互いのことを知ることが出来た。

例えば、高校時代、傍若無人《ぼうじゃくぶじん》だった女王様が、こんなにも優しく微笑むことが出来たこと、とかな。

『あたしとの生活、どうだった？』

……照れくさかったから、さっきは少し嘘をついた。

この五日間、林は、俺にいろんなことをしてくれた。

俺の懐《ふところ》具合を心配し、アルバイトをすると提案してくれた。

俺の負担を減らすため、掃除以外の家事を買って出てくれた。

俺の昼飯事情を懸念《けねん》し、お弁当を毎日作ってくれた。

俺のために、昨晩は美味《おい》しい料理を振る舞ってくれた。

彼女を匿ったのは、ただの成り行きだった。

高校時代の彼女は、女王様と呼ばれるくらい勝気な人間で、傍若無人で……。

彼女を匿って三日くらいまでは、俺の話なんて聞かない彼女に呆れることだってあった。これからの生活を思い、前途多難と頭を抱えることもあった。

……それなのに。

まさかたった五日で、こんな気持ちを抱くことになるだなんて。

高校時代の俺に言ったら、ありえないと笑われてしまうかもしれないな。

……苦笑しながら、俺は思った。

高校時代に傲慢《ごうまん》だった女王様との同棲生活は意外と居心地が悪くない。

あとがき

はじめましての方ははじめまして。ＷＥＢ小説サイトで見てくれていた方々はいつもお世話になっております。ミソネタ・ドザえもんと申します。

この度《たび》は、本作を一読頂き、誠にありがとうございます。

小説家になろうさんをはじめ、いくつかのＷＥＢ小説サイトで約二年近く活動させて頂いていた私にも、遂《つい》に書籍化の機会が巡ってまいりました。

書籍化の打診を集英社ダッシュエックス文庫様から頂き、初めて編集者の方とお電話させて頂いた時、お恥ずかしい話、私の心臓はバクバクバクバクバク高鳴っていました。

電話の十分前くらいまで会社で仕事をしていて、慌《あわ》てて走って帰宅したためです。

会社から家が近くて良かった！（良くない）

書籍化の打診を受けさせて頂いて以降は、実に新鮮な毎日でした。そもそもこれまで、私は一人で執筆作業をしてきており、誰かと一つの作品を作り上げること自体初めてでした。

工程を考え、見せ方を考え、失敗は対策し、成功は踏襲《とうしゅう》し、それらを誰かと成して、一つの作品を仕上げていく。

趣味だったそれが、まるで仕事のプロジェクトをこなしているようだと感じました。

WEB版の本作を知っている方はもしかしたら気付いたかもしれませんが、書籍化にあたり、本作はほぼほぼ新規に書き直しました。誰かと一緒に作業をしたことで、より高いクオリティで、一人でも多くの方に本作を手に取って欲しい。

皆に見て欲しい……！。

そう思った結果となります。楽しんで頂けましたでしょうか？

正直、WEB小説サイトでの活動も合わせて、私はこれまでたくさんのお話を書いてきましたが、自分の作った話やキャラに愛着を抱いたことはただの一度もありません。

本作においても最初はそうでした。主人公に対しては、「こいつ生き辛そうな考え方してんな。面倒くさ」と思うし、ヒロインに至っては、「女王様……とは？」と悩み果てて、女王様感を出そうと躍起《やっき》になり、やっぱ無理と諦《あきら》めるの繰り返しでした。

ただこの前、私は遂に、自分の作った話、キャラクターに、愛着を感じることが出来たのです。

きっかけは、やはり書籍化の打診を受けた後の最初の電話。

荒れる心臓。少し震える声。酸欠気味で頭が少しふわふわしている中、私はいくつかの質問を編集者様にさせて頂きました。

いつ頃出版の予定ですか？

書籍化を打診してくれた理由はなんですか？

そして……。

発行部数と印税はどれくらいですか？

その質問をした時です。

私の中で、この話、キャラクターに愛着が湧いた瞬間は。

時代は不労所得。

はっきりわかんだね。

皆様、もし本作を面白いと思って頂けたのなら、本作の宣伝の方をよろしくお願い致します。

一人でも多くの方に本作を買って頂けたのなら、私も、私の懐《ふところ》事情も嬉しくなります。

最後に、こんな支離滅裂《しりめつれつ》で、読んだことを後悔するようなあとがきにて、また皆様と再会出来るその日が来ることを祈って、このあとがきを終わらせようと思います。

皆様、本当すみませんでした！

この作品の感想をお寄せください。

あて先　〒101-8050　東京都千代田区一ツ橋2-5-10
集英社　ダッシュエックス文庫編集部　気付
ミソネ.タ・ドザえもん先生　ゆがー先生

ダッシュエックス文庫

高校時代に傲慢だった女王様との
同棲生活は意外と居心地が悪くない

ミソネタ・ドザえもん

2024年1月30日　第1刷発行

★定価はカバーに表示してあります

発行者　瓶子吉久
発行所　株式会社　集英社
〒101−8050　東京都千代田区一ツ橋2−5−10
03(3230)6229(編集)
03(3230)6393(販売／書店専用) 03(3230)6080(読者係)
印刷所　大日本印刷株式会社

ISBN978-4-08-631537-1 C0193

Printed in Japan